生きづらいこの世界で、アメリカ文学を読もう

カポーティ、ギンズバーグからメルヴィル、ディキンスンまで

堀内正規

小鳥遊書房

はじめに

この本のタイトルを考えているとき、最後まで迷った候補に、『強く生きなくていいアメリカ文学』というのがありました（「強く」の代わりに「マッチョに」も）。強く生きなくていい。でもそれではどう生きればいい？　競争社会で生き残るには、強くならなくてはならない。しかし、そもそも競争がいやなひと、競争に入れないひとは、どうすればいいでしょう。たまたま競争に敗れて立ち直るのが難しいひと、あるいは競争で他人を蹴落とした自己嫌悪から逃れられないひとは？　上手に人並みの水準で生きたいけれど、いまでは、あるいは初めから、いろんな事情があってそれが叶わないことに、コンプレックスを持たねばならないのでしょうか。ほんとうは人生に「勝ち組」も「負け組」もなく、誰も〈敗者〉ではないということを、文学はいつも告げています。

生きづらいこの世界をどう生きればいいのか。自分が長年付き合ってきたアメリカの文学（や文化）には、そうした問いへの、決して万能の処方箋ではないし、容易な解決でもないけれど、まっとうな応答、その問いに取りかかるちょっとした手がかりがあるように思えます。逆の言い方をすれば、そうしたものさえも見つけられないなら、自分は何のためにアメリカ文学研究に携わっているのかと思うのです。教訓を垂れるつもりは毛頭ないけれど、（倫理と美学が個において交わる点に着目して、）いくつかの〈見本〉を読者に差し出すことは、自分なりにできるかもしれないと考えました。わたしはそれを、小説や詩のことば（テキスト）をただよく読んでみるという実践によって、しているのかもしれません。

文学は何をするもの？という問いには答えが無数に、とは言わないまでも、たくさんあるでしょう。社会を変えるための視座を提供することもまたその一つですが、ひとの生き方、というとちょっと辟易《へきえき》する感じですが、個人の生きる場での選択の問題を、訓戒的なやり方ではなく、感じさせ、考えさせる、それも想像力で別の世界に入って遊んで、その遊びの中で考えさせる、というのも、文学の役割の一つであると思います。そのように文学と付き合う人びとが増えて、自らの暮らしを見つめるところから、社会へと、たとえば投票活動や資源保護の営みなどなどへと、つながっていくこともきっとある。

本書は、これまでわたしが各所に発表してきた文章（の一部）を集めて、書下ろしを加えて作られました。一応は内的なつながり、書物としての統一性のようなものに気をつけて編みましたが、読者はもちろんどこから読んでくださってもかまいません。

折々の依頼に応じて書かれたものを含むとはいえ、ジェンダーの面からも、人種の面からも、とてもアンバランスな並びになっていて、タイトルの「アメリカ文学」の看板に偽りありだと言われそうです。その片寄りぶりにはわれながら居心地が悪くなるのですが、しかたがありません。ですから本書のタイトルの「アメリカ文学」は、アメリカ文学を包括的に見渡す意味ではなく、たまたまわたしが人生の中で深く出会った、ごく一部の作家や詩人のことを指していると理解していただければさいわいです（大好きなジェイムズ・ボールドウィンの繊細でまっとうな生の捉え方を、書かないままになってしまいました）。それに「文学」と銘打っておきながら、ロックや映画にまつわる章もあり、やっぱり看板に偽りありじゃない、と思うのですが、こういうのも入っていていいのでは？と自分に言い聞かせることにしました。

なぜ「アメリカ」でないといけないの？という疑問にも、説得力をもって答えられるわけではありません。がおそらく、本書の作家や詩人たちが、アメリカ以外からは出てこなかった人たちであることだけは確かです。わたしのスタンスは、そうは言っても、アメリカでも日本でも、人間が生きるということには共通のことがある、と考えようとするところにあるのですが。みんな違ってみんないい、というのではなく、みんな違うけど同じだよね、というのがたぶん本書のスタンスです。

『雨降りだからミステリーでも勉強しよう』は植草甚一の本の題名ですが、雨降りだからアメリカ文学でも読んでみようかな、と思ってもらえればうれしいです。この本が、いつかどこかで、誰かの心を少しだけ軽くしたり、息苦しさを楽にするのに役立つことができれば。わたしにはそれ以上の願いはありません。

一言、表紙について言い添えたいと思います。九月のある日、お茶の水の丸善の二階でたまたま手にした『木内達朗作品集』（玄光社）に惹きつけられ、それから木内さんの絵の空気感、色彩、呼吸に浸る日々となり、今度の本にこんな絵が表紙だったら最高ですねと、小鳥遊書房の高梨さんに見せたその絵が、まさかほんとうに表紙になるなんて、夢にも思っていませんでした。まっすぐに立っているこのひとを、はたしてこの本は励ますことができるでしょうか。すばらしい絵で表紙を飾ることを許してくださった木内達朗さんに、心からの感謝を捧げます。

堀内正規

生きづらいこの世界で、アメリカ文学を読もう
——カポーティ、ギンズバーグからメルヴィル、ディキンスンまで／目次

Ⅱ

I

『遠い声　遠い部屋』何者でもないわたしへ

（その人は若くて、これから世の中に出ていこうとするところだ。その手には一冊の本が携えられている。それだけが旅の伴であり、小さな武器なのだ。表紙の英語は『別な声、よその部屋』と訳すことができる。以下はその本のためのマニュアルの草稿として着想された。けれどもその人がこれを読むことはないだろう。）

たそがれの鏡音《おと》なく泡立ちぬ　逢ひて逢はざるわたくしのため
われ在りてわれならざれば部屋といふさびしきものの内外《うちそと》に居り
——水原紫苑、『びあんか』

1

母を突然の病で喪《うしな》い、父から来た手紙だけを頼りに、ニューオリンズからスカリーズ・ランディングと呼ばれる、打ち捨てられたような土地まで一人でやって来た十三歳の少年ジョエルが、すべて歪んだようなゴシックな世界をくぐり抜けて、古い殻を脱ぎ捨てある種の〈成長〉をする物語。カポーティの *Other Voices, Other Rooms*（『遠い声　遠い部屋』）を一度読むと、そんなふうに要約できそうな気がしてくるかもしれない。でも〈成長〉って何だろうと考えてゆくと、カポーティがこの小説を、簡単にまとめたりできないように、全力をあげて緻密に織り上げたことが判ってくる。

最後近くで、廃墟と化しているクラウド・ホテルに隠者リトル・サンシャインを訪ねた帰り、おそらくはその隠者の作ったドラッグでふらふらになって、赤ん坊のように覚束《おぼつか》ない足どりで歩くランドルフに向かって、ジョエルが「見て。ぼくは誰？」と問いかけ、自分で答える。「ぼくはぼく。

ぼくはジョエル。ぼくらは同じ人間だよ。(I am me, ... I am Joel, we are the same people.)」(Vintage International, 227)『遠い声　遠い部屋』は、主人公がそう言える状態になるまでを辿る物語だ。

「ぼくはぼくだよ」と言うときの二つ目の「ぼく(me)」とは何か。戦後逸早く発表されたゲイ・ノヴェルとして不動の地位を誇る『遠い声　遠い部屋』のことだ。この「ぼく」とはゲイとしてのアイデンティティを指し、つまりは性的マイノリティとしての自覚に主人公は到達するのだという解釈をする者がいる。けれど言うまでもなく、ジョエルが庇護者ランドルフの場合のように、自分は女性よりも男性が好きだったのだと自覚する場面は描かれないし、末尾で女装したランドルフの「レイディ」の手招きに対して、「彼は自分が行かねばならないことを知っていた (he knew he must go)」(231) と語られるとき、ジョエルはこの後《のち》、いずれはランドルフの相手をしてゲイの性交渉を経験するのだと決めつけるべきエビデンスも示されてはいない。彼はランドルフのゲイの相手として、沈みゆくランディングに自分の居場所を見つけて、ずっと腰を落ち着けるのだろうか。いや、そんなに単純じゃない。もちろんジョエルはこの物語のあとでゲイとしての自覚を持つかもしれない(作者カポーティのように)。でも現代でいうなら彼は、バイ・セクシャルになってゆくかもしれないし、トランスジェンダーになっていくかもしれない。或いはフェミニンな世界に深い親和性を抱きながらヘテロのままで生きることさえ、あるかもしれない。

「あらゆるむずかしい音楽は一度聴いただけではわからない」(139) というランドルフの台詞は、作者カポーティから読者へと投げかけられた合図だ。何度も読まねばわからないものが世界にはたくさんある。I am me. がアイデンティティにまつわる言葉であることは確かだけど、それがI am gay. に直結せねばならない理由は実は存在しない。そしてこの小説がゲイとの共振性を持つとすれば、それは「わたしはゲイだ」という、強力でマッチョな断言の形にではなく、この小説のナレーションの仕方そのものの形の中、そう、まさしくクィアな、というべき情景描写や感覚表現の中にこそ、見出されるというよりも感じとられる。この小説は、ランドルフの言葉どおり、「理解を超えたものの詩(the poetry of what is past understanding)」(218) なのだから。

2

パパ・ママがいて、ぼくがいる――フロイト的オイディプスの三角形をカポーティは疑問にふす。そもそもママもパパもいない者はどうなるの? 自己を安定させる父や母の代理をどこまでも求めていかねばならない? いや、パパ・ママなんていらないよと『遠い声 遠い部屋』は読者に静かに告げている。脊椎の大怪我のために認知機能に支障をきたして寝たきりになった父エドワード・サンソムのガラス玉のような両目は、父ではないものとして斥けられる。同時に、サンソム氏の代わりにジョエルの庇護者となる大人ランドルフもまた、ラストにいたって、無力に円を描き「ゼロ」をなぞるだけの弱い者になり、決して父の代理をつとめることができない事実を露呈させる。

この点で重要なことは、この小説では、ジョエルが実の父サンソム氏と初めて対面する場面が直截《ちょくせつ》には描かれず、隣人のトンボイの少女アイダベルとの会話の途中でさらっと、ジョエルがひとり振り返る短い回想シーンとして、ようやく情報化される点だ。（それをいうなら物語の第二の主役であるランドルフとジョエルが初めて対面をする場面もすっかり省かれていて、いつの間にか二人はジョエルが目撃した「レイディ」をめぐって会話をしている最中なのだ。）父の承認を求めて長い一人旅をしてきたジョエルにとって、サンソム氏と出逢う場面は、きわめて重要であるはずだ。たとえ寝たきりで何もわからない廃人のような姿と対面して落胆したとしても、通常の物語であれば、その仔細は必要不可欠であるように思われる。それを欠いていることで、この物語のジョエルの生は、メリハリを欠いた印象になる。それこそがカポーティの企みだった。ランドルフは「完結するものなんてほとんどない。たいていの人生は結末のつかないエピソードの連なりにすぎないんじゃないか？」（154）と言う。区切りのはっきりした時系列・クロノロジーをかわす、斜めにかわすところに、まるで「終わりのない午後の空っぽの中間時間」である「午後三時」のように（63）、夢と現実の境があいまいな、ジョエルのライフの物語が浮遊している。それはビルドゥングス・ロマンの書法の否定、ないしは表向きなぞるかに見せてそれに抗《あらが》う営みだ。

母の喪失、叔母の家のうちとけぬ生活、父からの手紙。実の父は彼の〈父〉ではない。やさしい黒人の召使いズーの母性もジーザス・フィーヴァーの死とともに消える。異性愛の対象になるアイダベルはレズビアンへの内なる性向に目覚め、ミス・ウィステリアに恋してジョエルを置き去りにする。ようやく戻った暖かい居場所の提供者ランドルフもまたひとりの弱い人間にすぎない。父の承認も異性愛も庇護者の擁護も、すべて失効する。言い換えれば、ジョエルは否応なくすべてを脱ぎ捨てさせられるとも言える。最後まで読み直して考えると、それは主人公が自分にかけられた呪いを一つずつ解いてゆくプロセスであると見えてくる。『遠い声　遠い部屋』は、受け身を貫く主人公の、憑き物落とし、悪魔祓いの物語である。

3

『遠い声　遠い部屋』では、ひとがつく嘘、嘘の話や空想が、ひとの居場所になることがある。もしもこの小説がアイデンティティの物語でないとしたら、少なくともそれだけではないとしたら、それは〈居場所〉とは何かをめぐる物語だと言える。映画で観た氷の洞窟に閉じ込められたシチュエーションを、ズーに対して自分と母の物語として語り（騙り）ながら、ジョエルにはいつの間にか嘘が現実よりもリアルな、ほんとうの話だと思えてくる。目の前の現実が受け入れがたいとき、想像上の自分、想像上の他者たちが、自分のあるべき姿の指標になる。それを「居場所」と呼べるのかと問われるなら、心の置き場所と言い換えてもいい。いずれにせよそれは場であり、この小説の言葉で言えば「部屋」なのだ。逃避の手段ではない。あくまでもその場限りの束《つか》の間《ま》のものでも、それはひとにとっての居場所でありそれでいい、とカポーティは肯定的に告げている。

まだ父サンソム氏に会う前、不安なジョエルはミス・エイミーの声をやり過ごして「あの遠い部屋

（the far-away room）」（83）を想い描く。そこには彼の「友だち」が揃って棲んでいて、真っ先に現れるのが巡回サーカスでやって来たミスター・ミステリーで、かつてのクラスメート、お高くとまって話もしてくれなかったアニー・ローズがそこでは優しく“I love you, Joel.”と言ってくれる。ミスター・ミステリーは彼女に次いで「この別の部屋（the other room）への最も歓迎される訪問者」だった（84）。このときこの「別の部屋」こそジョエルのほんとうの居場所なのだが、ただそれが現実の眼前の時空でないのが残念だというだけのことだ。

誰もが気づく箇所だけれど、タイトルになった“other voices, other rooms”の表現が使われているのは、ジョエルではなく、クラウド・ホテルの隠者、リトル・サンシャインの回想の部分だった。リトル・サンシャインはかつて森の奥にオープンしていたクラウド・ホテルの年若い馬丁だった。彼は「星降る夜を幾夜も目覚めたまま、こもって混じり合った声に耳を傾けて過ごした」（99）。不思議で不幸な事故が相次いで起こり、ホテルは閉鎖され、やがて廃墟になる。

けれどもリトル・サンシャインはとどまり続けた。そこが自分の正しい家だったからね、と彼は言った。そこを出て行こうとすると、むかし一度そうしたことがあったけれど、そのとき、別な声が、よその部屋が、失われぼんやりとした幾つもの声が、彼の夢をかき鳴らしたのだった。（100）

愛着のある場所をひとたび離れると、捨ててきたはずのその場所が、自分が居る〈いまとここ〉とは別の部屋、別の声が、彼を呼ぶ。では「正しい家（rightful home）」であるホテルに戻れば、それでいいのだろうか。でもそこはもはや彼が愛してやまない状態ではなく、誰も棲まぬ廃墟なのだから、実はリトル・サンシャインのいま現在の住み処《か》は、彼の望むその部屋ではない。その部屋は過去に失われて、どこにもない。彼の夢の中を除いては。だからきっと、リトル・サンシャインの本来の居場所たる「よその部屋」はジョエルの「別の場所」と同じく、ひとの想いの中、頭の中にしかない。いまの居場所はその「よその部屋」に続く二番目によいところにすぎない。それが『遠い声　遠い部屋』の〈居場所〉の構造だ。

その場所はどこにもない、だからそんな場所は忘れた方がいい、と健全で規範的な世の中の多数派は言う。けれどもカポーティは、それはひとの記憶によってつくられた、ひとの生とともにいつも揺れ動く、捨ててはならない居場所だよ、と言う。

そここそが居場所であるとするなら、アイデンティティはいつも、いまここことは別なコールによって仄《ほの》めかされる（べき）ものである。そのコールがある限り、ひとはたまたまいま居る部屋からは、いつか出てゆかねばならない。もう出られないのだとしても、心では出たり入ったりしなければならない。それはいわゆる〈現実〉との違和であり、〈永遠〉との差異である。自分が何者であるかは自分が決める、というより、いつの間にか自分によってピックアップされてしまっている自分の記憶が、それを決める。だから小説の終盤、第二部の終わり近くで、アイダベルとの逃避行に失敗して当て所のなくなったジョエルについて、「どこかに彼は部屋を持っていて、ベッドがあった。二人のこれからの前途は熱波のように揺れ動いた。ああ、アイダベル、なぜ君はこんなひどいことをしてくれたんだ！」(198-99) と語り手が記すとき、この場合の彼の部屋は、実はただの物理的な庇護の場所を指しているにすぎない。そこは実はランドルフの場所なのだから。

4

沈みゆくスカリーズ・ランディングの屋敷にジョエルを招き入れたのは、女装趣味のあるランドルフだった。語り手はランドルフが年齢の割にすべすべした柔肌を持ち少し小太りな、読者にはやや気持ちの悪い外見をしているように描いているし、過去の思い出とともに生きるだけでなんら建設的なことをしていない彼に対して、一読して好感を持つ読者もそれほど多くはないだろう。最後までランドルフは疑わしいひとのままだ。けれども、ランドルフこそが『遠い声　遠い部屋』の世界を統《す》べる哲学を提示し、しばしば作者カポーティの思想を代弁するという意味で、最も重要な人物なのだ。わたしたちは奥の院まで分け入ってランドルフと出会うために『遠い声　遠い部屋』を読むのだと言っても過言ではない。すべてはカポーティによる周到で綿密な織り上げの結果である。まだ若く、これから作家として世に出ようとしていたカポーティが、取り返しのつかない過去の傷を愛《いつく》しんでいわば余生を生きているランドルフという人間を創造し得たことに、驚嘆するしかない。

ランドルフの傷《いた》ましくも切ない人生。それをここでなぞることはすまい。ただ、愛するボクサー、ペペ・アルヴァレスの行方を捜すために世界中に郵便局留めで手紙を出し続けながら、それが応答などない気休めにすぎないと自覚し、現在の自己の生活を「自分で自分に仕掛けたジョークにすぎない」と言うランドルフ、「毎朝目が覚めて「もし自分が死んだら……」と口にするんだ、自分がもう既にどんなに死んでいるかには気づかないままでね」（152）と言うランドルフは、同時にこのように言うひとであることに留意しよう。

「こんなのって皮肉なフィナーレじゃないか、魂ってやつの奥底で奇麗《きれい》で形のいい人生を求めてた人間にとってはさ。パンとバター、誰か愛するひとととともに住む簡素な家、望んだのはそれだけだったのに。」（138）

ただ愛するひととのシンプルでクリーンな生活を夢見ていたひとが、知らぬ間に後戻りできない経験に巻き込まれて、過去の、瞬間の耀きの記憶だけをよすがとして、死へと向かう時間を、「既に死んでいる」者として耐えねばならない。ランドルフは終わり近く、クラウド・ホテルに向かう道中で、ゆで卵をひたすら食べ続けて、「こみ上げて吐きそうになったときは何かをずっと呑み込み続けること さ」（217）とジョエルに語るが、食べていないと吐いてしまい嘔吐しないために食べ続ける、というのが現在のランドルフだ。外の世界へ出ていったズーについて、「幸福は相対的なものだ」と語り、「ミズーリ・フィーヴァー（ズー）にもわかる時が来る、捨てて置き去りにしたすべてが、漠然と捉えにくいパズルの中の自分本来の居場所だったって」（168）と言うとき、その言葉はズーについてよりも自分の人生についての告白になっている。続けてランドルフは語る。

「それぞれの羽はサイズと色合いに従って決まった場所を持っている。少しでも間違っただけで、まったくリアルに見えなくなるんだ。」（168）

おそらくは彼の好きな青カケスの青い羽のコラージュ。それはある一点、自分の居場所から見られたときにだけ、正しい鳥の形をとる。「飛べない鳥に何の意味があるの？」（169）というジョエルの無邪気な問いかけは、もちろん核心を突いている。鳥が飛べるということ、つまり彼の愛が成就するということは、永遠に得られない。得られない現状と折り合いをつけることは幸福が相対的であると見なすことだけれども、その認識は、常にどこまでも〈永遠の美しい愛〉との位置関係によってのみ測られるほかはない。〈永遠〉があればこそ〈相対的〉も存在するのだ。だが、死んだオブジェでしかない羽根の集積を飛ぶ鳥のようにレイアウトして、それを眺めるその一点のポジションを持つこと、保つことを、カポーティは肯定する。青カケスの青は美しいじゃないか、と。

それはひとの弱さの肯定なのだ。誰もが飛べるわけではなく、「それでも諦めないで飛ぼうとがんばれ」と言われる必要もないのだから。

「寄せ集めた幾つかの瞬間がある。それをぼくは、通常ならもっと愉しい物事のためにあるはずの一種のノスタルジアで想い出すんだ。ペペ（いまぼくが見ているペペ）が親指の爪でマッチを擦る、いま素手で噴水の池から金魚を掬《すく》い取ろうとしている、ぼくたちは映画館で同じ容器からポップコーンを食べている、彼は寝てしまってぼくの肩に頭を凭れさせている、ボクシングで切った唇にぼくが眉を顰《ひそ》めるので彼は笑っている、階段で彼が口笛を吹くのが聞こえる、そこを昇って彼がぼくの方にやって来るのが聞こえる、彼の足音よりぼくの心臓の鼓動の音が大きくて。」（149-50）

数多いとは言えないかもしれない、自分にとってだけ煌《きら》めいていた瞬間を胸に抱くときの「ノスタルジア」が、このひとを、というよりこの小説ではひとというものを支えている。彼が最も鮮明に想起し続けるのは、マルディ・グラの仮面舞踏会で、貴婦人に仮装した自分の姿を鏡に映したときの感興だ。

「最初鏡の前で、ぼくはそれを見て怖くなる。でもそれから有頂天になるまで喜ぶんだ、だってぼくは美しいのだから。そのあと、ワルツが始まると、ペペは真相を知らないまま、ダンスを一曲ぼくに求める。そしてぼくは、ああ悪賢いシンデレラさ、仮面の下でほほ笑んで、こう思うんだ、ああ、ぼくがほんとうのぼくだったらいいのに！」（150）

この部分が現在形で語られるのは、物語の現在だからというより、想起する度ごとに、それが彼にとって現在になるからだ。"if I were really me!"とは、"I"がほんとうには"me"ではないことの表明だけれど、〈いまの（女装した・女としての）自分〉と〈いつもの日々の（他者たちから認知されている）自分〉とが「ほんとうに」一致すべきで、それこそ〈ほんとうの自分〉ではないか、という表明でもある。いま居る部屋がいつも「よその部屋」の「ほかの声」の呼びかけに震えながら呼応するというのが、『遠い声　遠い部屋』のアイデンティティをめぐる構造だ。

5

ランドルフが提起する『遠い声　遠い部屋』の思想。その幾つかを列挙してみよう。カポーティが周到に張っているランドルフの不審人物のような疑わしさの煙幕・ヴェールを一旦取り払って、あえてメッセージの側面を取り出したい。

a——歪み

誰でもが世界を見るさいそのひと固有の〈歪み〉を持っている。

「ぼくには常に歪みの問題がある。それでぼくは見たままというより考えたままに描いてしまうんだ。たとえば何年も前のことだけど、ベルリンにいたとき、いまの君と同じくらいの年の少年をスケッチしたことがある。でもどういうわけかぼくの絵の中で彼はジーザス・フィーヴァーよりもっと年老いて見えた。現実には彼の瞳は子どもらしいブルーだったのに、ぼくが見たその目は、霞んで死んだみたいだった。でもぼくの見たものが実際に真実だったんだ。小さいカールは、それが彼の名前だったんだけど、あとで完全な恐怖そのものだって判った、奴は二度もぼくを殺そうとしたんだから。・・・どっちの時も、そう、驚嘆すべき巧妙さを示してね。」(136)

ここではランドルフの眼の歪みは主観的真実(truth)を映すものと言われているけれど、彼自身がこの「歪み」を好ましくは思っていないことが、彼の初恋の相手、ドローレスと出会えて「初めてものを歪みなしに完璧に見た」(142)仔細を語っている箇所から窺える。なぜこの問題が単にランドルフの個人的な問題とは言えないかは、この小説を読んできた者には自明だ。そもそも主人公ジョエルは、冒頭から「雪の女王」によって瞳にガラス片を入れられたカイに擬《なぞら》えられ、母が突然の病で死んでからの月日は「罅《ひび》の入ったグリーンのレンズの眼鏡」(10)を付けたようだと語られていた。『遠い声遠い部屋』でジョエルがくぐり抜ける時空は、病的とも言えるしバロックに美しいとも言えるいびつな世界だけれど(歪み真珠のように)、もちろんそれはジョエルの眼に張り付いたレンズを通して見られた様相だ。アイダベルもズーもリトル・サンシャインもミス・ウィステリアも、そもそも歪みを持たない人物はいるだろうか。もしもジョエルを乗せていくトラック運転手のサム・ラドクリフやヌーン・シティの酒場の女主人ロバータに歪みがないように見えるとしたら、それは彼らが多数派の規範的な価値意識を希薄に強固に内部化しているからで、それ自体が共同体の大きな歪みの分け持ちにほかならない。

b──鏡とナルシス

自己を自己が見るのは鏡によってだ。

「それはぼくらをとてもロマンチックに美化する、鏡って奴は。それが鏡の秘密なんだ。世界中の鏡を壊してしまったら、どんなに鋭い苦痛だろう。そうなったらぼくらはどこに自分のアイデンティティの確証を求めたらいいだろう？　ほんとうのところね、ナルシスはエゴイストじゃなかったのさ。・・・彼は単にもうひとりのぼくたちにすぎない。打ち砕きようのない孤独の中で、彼は、自分の映像を見て、そこに唯一の美しい朋《とも》、唯一の離れることのできない愛人を見出す。・・・かわいそうなナルシス、彼はたぶんこの点で常に正直であったただひとりの人間だよ。」（139-40）

すべての鏡が自分にとってだけ自分を romanticize する、と言っているのではなく、すべての人間にとって鏡が否応なくそこに自分を映すものの姿をromanticizeしてしまうものだ、それ以外の在りようは存在しない、とランドルフは言っている。通常であればそれは自己愛だから否定されるべきだという話になるけれど、カポーティは違うと言う。自己が自己を見るという構造そのもの、なんぴとたりとも美化された自己以外を見せられないことが問題なのだ。眼は自然に補正をする。だがそれは〈ありのまま〉を見せるためではない。だからナルシスを〈自己愛〉と捉えることは間違っている。鏡に映った自己を見ながら、そこにはいつしか他者の姿が映っている。自己の中に他者がいるからだ。ナルシスをうべなうのは勇気がいる。それは積極的に摑《つか》まれるべき真理というよりも、不承不承に認めさせられるような、どうにもしようのない認識であるからだ。他者はどこにいるのだろうか。或いはそれを言えば自己は？　この問題が『遠い声　遠い部屋』の急所に突き刺さっている。

「愛はやさしさだということ、やさしさは、とても多くの人びとが怪しんでいるような意味で、憐れみではないということを、学びとる者はきわめて少ない。愛における幸福はすべての感情を誰かに絶対的に集中させることじゃない、それをわかっている者は更に少ない。ひとはいつも、愛する相手が現れて表すことになるたくさんのよき物事を、愛さねばならない。この世の真の愛の対象は、愛する者の目の中では、開きつつあるライラックの花であり、船の灯《あか》りであり、学校の鐘であり、或る風景であり、ふと想い出される会話であり、友人であり、子どもにとっての日曜日であり、失われた声であり、お気に入りのスーツであり、秋とすべての季節であり、記憶な

んだ、そう、記憶は生存の土であり水だからね。」（141-42）

この言葉は二重に受けとめられる。愛する相手そのひと、そのかけがえのない単独性が愛の理由ではない。その相手がシンボライズする複数・多数の世界の物事があり、相手にまつわる自分の所有する記憶がある。ひとが愛するのはそれだとすれば、やはりそれは自己愛の延長になる。他方で、愛する相手が自分に煌めき示した世界の細部・断片はそれ自体外《そと》なるものであり、ひとりのひとを愛することは自分から発して世界全部を抱きとめることだとすれば、自己は愛する他者を通じて自己を甘くしなやかに拡張して自他の境界を越えてゆくことになる。この二重性はそのまま、ランドルフをどう見るかというときの二重性に重なってくる。

C――愛

ずっと前から気づいていたわ、とドローレスにゲイへの傾向を指摘されたランドルフは、でもぺぺはあなた向きじゃないと言われたことについて、いまジョエルにこう語る。

「頭脳なら忠告を受けいれられる、でも心は違う。そして愛は、地図を一切持たないから、どんな国境も知らない。それは重くなり沈み込む、でも問題じゃない、やがて浮かび上がり水面を見つける。いけないことがある？　そのひとの自然な性格に適うあらゆる愛は、ナチュラルで美しいものだ。偽善者だけが、人間は自分の愛する者に責任を持たねばならないなどと言うだろう。彼らは感情の無学者、正義ぶった羨望の持ち主だ。懸念のあまり舞い上がって、天上を指して昇る弓矢を、地獄へ向かう矢だと勘違いするんだ。」（147）

この言葉はランドルフが自分の人生すべてを賭けて語る、血で書かれた言葉だ。「心（the heart）」なんてない、と言う「偽善者」がいるだろうか。「そのひとの自然な性格（a person's nature）」などないと言う「偽善者」が？　もちろんこの言葉は、まずは、性的マイノリティの愛の形を肯定するためのマニフェストである。けれどもそれにはとどまらず、すべてのひとのあらゆる愛について言われた言葉、作中最も美しい言葉だ。必要なのは、強固なボーダーを持った地図（geography）などないと思う勇気で、しかしカポーティはそれを声高に宣言しはしない。そんな野暮なこと、マッチョなことはせず、怪しくも醜くも見える、盛りを過ぎた大人に静かにそれを語らせる。

d――蟻になるよりも

ジョエルが空き瓶で蟻を捕まえようとするのを見ながら、ランドルフはその「敬虔な昆虫」について語り始める。

「こいつらはおおなんてたっぷりの感嘆と、ああなんて一杯の憂鬱をかき立てることだろう。

神を敬う勤勉さで理性のない行進をするこんなにピューリタンな精神。でもこんなに反個人な組織（so anti-individual a government）に、理解を超えたものの詩（the poetry of what is past understanding）が認められるだろうか？……自分のことを言えば、ぼくは孤独なモグラの方がいいな。彼は茨と根っこに依存する薔薇ではないし、生存の時間を変化不能の畜群によって支配されている蟻でもない。目は見えないけれど、彼は自分だけの道をゆく、真実と自由とは精神の態度しだいだ、そうわきまえながらね。」（218）

「こんなにも反個人なガヴァメント」に対して、「詩」の側に立って、抗いの姿勢をとる。『遠い声　遠い部屋』という小説の、社会でのポジションを宣言する言葉。失恋して「俺はモグラになりたい」と歌ったフォーク・ソングをすぐさま想起させるモグラの形象は、ここでは〈多数派・共同体・国家〉対〈個人のポエトリー〉という対立構図を炙《あぶ》り出すものになる。カポーティは『遠い声　遠い部屋』をそのような意味での〈詩〉として提示した。一度聴いただけではわからない音楽として。読者がもし「偽善者」であることを避けたければ、詩人の側に立つことが求められる。「精神の態度（attitudes of spirit）」とは、青カケスの羽根のコラージュが、飛んでいる鳥の姿に見える地点のことだ。

もちろん時代というファクターはある。ひょっとして現代であれば、モグラや詩人ではなく、或いは政治的行動をする詩人としてだろうか、ガヴァメントに対して少数者の権利を、ゲイならばゲイとして、トランスジェンダーならトランスジェンダーとして、グループで固まって主張して、政治そのものを変える手だてを、ランドルフもカポーティも取ったかもしれない。いや、その空想はどうやらありそうもない。少数者が集団を作り、国家や多数派に抗して、自らを集団的アイデンティティによって名づけ、法を変えること、その意義をカポーティは否定しないだろう。けれども、その態勢そのものが敬虔な蟻の営みに重なることはたぶん避けられない。所詮自分はモグラ、と自嘲しながら、どこまでも「理解を超えた詩」を滴《したた》らせる個人、群れない個として、自分の片隅で、ひとりで生きたい。そのこともまた肯定されてよいと、カポーティはきっと言っている。

6

「この世界は怖ろしいところよ」(194)、ミス・ウィステリアは言う。彼女はミジェット(小人)で、巡回サーカスの見せ物として旅を続けねばならないひとだ。二十歳になったとき、母親の手紙で呼び寄せられた求婚者は七十七歳の老人で、彼女を一目見るなり、ニュージャージーに帰ってしまった。自分に恋した様子のアイダベルについて「かわいそうな子、あの子も自分がフリークだって信じてるのかしら?」(195)と言うとき、誰よりも自分がフリークであることを、彼女は自覚している。現代の先進国であれば、そんな考え方そのものの虚構性を、説得力をもって説くこともたやすいかもしれない。しかし物語の中の時代と場所では、ミス・ウィステリアにはその自由は許されない。

外の世界は怖ろしい場所。そのことをどれだけのひとが認めるだろう。けれども『遠い声　遠い部屋』ではそれは一種の公理であると言える。ミス・ウィステリアだけではなく、ズーも、アイダベルも、ランドルフも、ジョエル自身も、それを思い知る経験をする。敏感な人間、理想をあまりに強く持つ人間、現実に適応する能力や資質の弱い人間にとって、世界は残酷になり得る。そうなっていないのは運がいいからだ。カポーティが読者に伝えるのはそうした認識だ。ジョエルはアイダベルと一緒にランディングを脱出しようとして、挙げ句ひとりになり、嵐に遭って熱を出し、ランディングに連れ戻される。親切に看病するランドルフに頼りきった状態で、ジョエルは外の世界の怖ろしさから身を退《ひ》くことができる。「ぼくは幸せだよ」とランドルフに告げるジョエルについて語り手は、「この幸福の理由は、自分が不幸せだと感じていないというだけのことに思われた」（208）と、その根拠が薄弱である所以《ゆえん》を説き明かす。ランドルフのことがすっかり理解できたと思い込むジョエルについて、「誰か他人を発見する過程では、大抵の人びとは自分自身をも見出しつつあるという幻想を同時に経験するものだ」（208）と言い、それが illusion でしかないのを指摘することを忘れない。

この物語がジョエルの成長の過程を語ったものであることを読者に印象づけるのは、主人公が熱にうなされた状態で見る夢が、彼自身の葬式の場面である事実だ。ジョエルは棺の中にいて、自分の死を仮想的に経験する。作者はこの直後、ジョエルがもはや外見的に少年ではないという事実を指摘する。自己の死と再生をシンボライズするかのようなこのわかりやすい展開は、読者にその後のジョエルが大人へと成長したという安心を与えそうに見える。けれどもそれほどストレートに話が収まるわけでないのだ。確かに一つの季節がジョエルにとって終わりを迎える。それで何が始まったことになるのかを、カポーティは斜めに、意味への理路をかわしながら、細心の注意を凝らして書こうとしている。

終盤、ランドルフによってクラウド・ホテルに連れ出されたジョエルは、炎を見つめながら寝入りそうになり、その火の中で形をなしつつある顔に気づく。

ねえ、教えて、君は誰？　誰かぼくの知っているひと？　君は死んでいるの？　ぼくの友だち？　ぼくのことが好き？　しかし絵のような体のない頭部は仮面の向こう側でまだ生まれていないいまにとどまり、どんな手がかりも与えてくれない。君はぼくが探しているひと？　彼は尋ねる。彼に思い当たるようなひとではなかったが、自分にはきっとどこかにそのようなひとがいるはずだと確信していた。ほかの誰にとってもいるのだから。ランドルフにはぺぺを探す年鑑があり、ミス・ウィステリアは懐中電灯で相手を探し、リトル・サンシャインは自分を呼ぶ別な声とよその部屋を想い出し続ける。みんなが想い出している、さもなければ最初から何もわからないかだ。そこでジョエルはたじろいだ。もしいま炎の中にその人影を見分けてしまったら、その影が表すいかなる者を、彼は見出すことになるのか。知らないでいる方が楽だった、実際には存在してないない蝶のような天国を、手の中に持ち続ける方がよかったのだ。(224)

この顔がまもなくランドルフの形をとることになると言えるだろうか。ランドルフにはボクシング試合の年鑑にしたがって世界中に手紙を出す相手ペペ・アルヴァレスがいるのだから、それと相同的に考えるなら、ジョエルの相手はいまだ彼の前に現れていないと見なくてはならないだろう。彼にはまだいつも思い出す記憶はない。「顔」はいずれ、彼の前に現れるだろう。

7

物語の最後、ふらふらと円を描いて歩くだけの無力なランドルフの姿を見て、ジョエルの最後の憑き物が落ち、悪魔祓いが完了する。

そしてジョエルは突然真実に気がついた。ランドルフがいかに無力であるかを彼は知った。サンソム氏よりもっと麻痺していて、ミス・ウィステリアよりもっと子どもっぽい。ランドルフは、ひとたび外部に出てひとりっきりになると、ただ円を描くこと以外に一体何ができたろう。自分の無を示すゼロの文字を。……彼は自分が誰かを知った。自分は強いことを知った。(227-28)

ジョエルはランドルフから愛されることを求めていたけれど、むしろこちらが彼に優しくしなければならない。それまでにすでに、ジョエルはアイダベルやズー、ミス・ウィステリアやニューオリンズにいる従妹のルイーズに対して、折々に優しさを感じることができていた。『遠い声　遠い部屋』におけるジョエルの〈成長〉は、母を喪って以来、「神様、ぼくが愛されますように」(74)という、恥ずかしくて口に出せない望みを抱き続けてきたジョエルが、冥府巡りとも言えるランディングでの経験をくぐり抜けて、他者に優しくなれる状態に変わっていった点に見出される。

「彼は自分がだれかを知った(he knew who he was)」とはどういう事態なのだろう。この直前、ジョエルはランドルフに「ぼくはぼく。ぼくはジョエル。ぼくらは同じ人間だよ」(227)と告げていた。「ぼくはぼく」は「ぼくはジョエル」と等価な言葉だと受けとられる。とすれば「ぼくはぼく」は「ぼくはゲイ」とイコールにはならない。ひとはゲイやレズビアンやヘテロセクシャルである前に(そうした属性を問題にする前に)、まず何者でもない「そのひと」であるからだ。ジョエルは「ジョエル」という固有名を持った、ほかの誰でもないそのひとである。それが認識された後《のち》に、ジェンダーや人種や国籍や職業といったアイデンティティの諸々の指標が認識される。ジョエルはだからここで、「ぼくは何者でもないこのぼくさ」と表明していることになる。そして、「ぼくらは同じ人間だよ」もまた、「ぼく(ジョエル)とあなた(ランドルフ)は同じくゲイだ」という意味には受けとれない。あえて説き明かすまでもないけれど、ジョエルは自分もランドルフも含めて、ひとはみな「同じ人間」だと言っている。どういう意味で同じ? 物語全体を視野に収めるなら、こうなるだろう。誰でもが、他者から愛されたい、(ランドルフがジョエルに言ってもらいたがるように)「すべてはうまくいくよ」と言ってもらいたいと願っていて、残酷な世界に対して自分を守る居場所を欲している、そのように誰もが弱い存在である、或いは弱い者になり得る、そういう意味で同じ人間なのだ。そのこと、誰でもが弱い自分を抱えている、ないしは時と場合において弱くなり得ることを、知っている、という点で、「自分は強い」とジョエルは思う。

最後のパラグラフで語り手は「彼の心は完全に澄みきっていた。彼は写す対象がフォーカスに入ってくるのを待っているカメラのようだった」（231）と言う。「雪の女王」のカイのように視覚に歪みを強いられていた主人公は、最後にその歪みから自由になる。けれどもそのカメラのような明視の状態が、恒常的に続くと考えられるだろうか。おそらくジョエルにもやがて恋の情熱を注ぐ相手が現れるだろうし、叶わぬ祈り、切望と現実との落差に身悶えることもあるだろう。そのときもちろん彼には彼の眼の歪みが現れる。だから、この明視は、憑き物を落とし切ったこのときに（だけ）彼に与えられた賜物《たまもの》なのだろう。

女装をしたランドルフが窓から手招きをしている。「彼は自分が行かねばならないことを知っていた」（231）と語り手は言う。それは〈宿命〉の自覚ではない。ジョエルは今後ずっと、人びとから忘れさられた廃墟のようなランディングの家に棲み続けて一生を終えるのか。そう考えることがもし許されるとしたら、それはジョエルの自由な意志、望みによる選択の結果としてだけだけれど、その場合、ジョエルの恋愛のパッションの相手はランドルフでなければならなくなる。けれどもランドルフの心には永遠の相手であるペペ・アルヴァレスが棲んでいる。だからとりあえずいまのところは、自分の優しさを求めている弱いランドルフのところに行ってあげねばならない、というのがジョエルの思考の道筋だ。

ジョエルはこのあとゲイとしてのアイデンティティを自覚するだろうか。おそらく。ランドルフをパートナーとするだろうか。そうでないかも。ジョエルはいずれランディングを出て自分の人生を生きるだろうか。たぶん。いやきっと。また別の歪みを身につけて、あらたに（いつでも）弱くなって、居場所を求めて。カポーティはどんなときでも揺るがぬ自我を持って強くなれ、とは決して言わない。弱くあってよい、傷ついてよい、抱きしめることのできる記憶を思い出しながら、傷を愛せ、世界の片隅でいいから自分の部屋を見つけよ、と言う。いや、もちろんそんな強い言い方はしない。気づくひとだけ気づくようなやり方で、美しい物語を差し出すだけだ。

（書下ろし）

フォークナーの振り切れない人びと

鬼束ちひろの「月光」のサビの部分を聴いていると、「ああこれは〈フォークナー〉だ」としきりに感じる。その歌詞はこうだ。「I am GOD'S CHILD／この腐敗した世界に堕とされた／How do I live on such a field?／こんなもののために生まれたんじゃない」――自分は「GOD'S CHILD」だというのは宗教的な感覚ではなくて、いまここにひとり在る自己の中心から世界を見たときの、他人との比較を絶した〈このわたし〉の感覚だろう。この不正な、許せない世界の中で、「こんなもののために生まれたんじゃない」と感じながら、しかしその「field」の上で生き続けなければならない、それがわたしにとってのフォークナーの主人公たちの生存感覚であり、しばしば彼の小説が全体として伝えてくる気分だ。そして鬼束ちひろが好きなわたしは、やはりフォークナーに惹かれる者だ、と恥ずかしげに告白しよう。

『八月の光』のジョー・クリスマス、ハイタワー、「エミリーに薔薇へ」のミス・エミリー、『響きと怒り』のクェンティン、『アブサロム、アブサロム！』のトマス・サトペン、『野性の棕櫚』のシャーロット、ハリー、そして大好きな小説、『サンクチュアリ』のポパイ、ベンボウ……。フォークナーの提示する小説世界では、〈わたしから見たわたし〉vs〈規範に基づく共同体としての人間社会〉という対立があり、作者の軸足は個の内側にぐっとかかっている。社会の様相はそこでの軋轢や摩擦を通じて、つまり個に寄り添ったまなざしを通して、限りない重力として感得されて語られる。「こんなもののために生まれたんじゃない」と思ったことのないひとはたぶんいないだろうが、そういう気分を並はずれて持つひとのために、フォークナーの小説はある。〈フォークナー〉を格別に必要とするような種類の人間がいるのだ。逆に言うと、社会的存在として、関係の網の目を引き受けて成長し、行動によって社会を改良しようとするとか、あるいはせちがらい世の中で変わりばえしない日常を精一杯生きて、束の間《つかま》の休息に安らいながら〈生活〉を着実に営むとか、そういうことに自ずから心が向く人たちは、フォークナーの小説を読む必要がないのだと思う。

たとえば「納屋は燃える」の父親、アブナー・スノープスはおそらくなんらかの気質的な要因のために放火の悪癖をやめられない人間で、建設的な社会の側から見れば刑務所に隔離すれば事足りるのだろう。けれども語り手は、彼が小さな焚火しかしないことをふしぎに思う息子に寄り添いながら、「それからもっと大きくなると、少年は、つぎのような真の理由をさぐりあてたであろう――つまり、火という要素が、父のなかの、ある深い、本質的な生命の泉に働きかけるのだ」、それは「それがなかったら生きて呼吸する値打ちもない」ところの「完全な自分というもの」（「GOD'S CHILD」である自己のこと）を保持するための唯一の武器だ、と書くのだ（新潮文庫・龍口直太郎訳）。放火とつながるアブナー・スノープスの性質を表現するためにそんなロマンティックな言葉を選ぶところが、どうしようもなくフォークナーなんだと感じる。

彼らフォークナーの主人公たちはほとんど経験に学んだりはしない。逆に、「こんなもの」に対して抗《あらが》い続けて、しばしば死にまでいたる者たちだ。岡庭昇氏のもう三十数年前の本、『フォークナー吊るされた人間の夢』（筑摩書房）はわたしの愛読書だが、岡庭氏の言うとおり、「フォークナーの人物たちの存在を本質的な意味で規定しているもの、それは激情であ」り、「「自然」性存在であることへの挑発とたたかいとしての激情にほかならず」(52)、「自然性をまとった世界の規範性《カノン》への、ほとんど不毛にさえみえる挑戦」(73)であるとわたしも思う。共同体の見えない強制力への叛逆をとことんまで徹底させた者として、ミス・エミリーやジョー・クリスマスやトマス・サトペンやシャーロットといった激情にとり憑かれた人物たちがいる。彼らは強いられた人生を宿命として担わされているというよりも、そんな〈宿命〉がないことに我慢ができず、むりやりにも〈宿命〉をつくってしまおうとする人たちに見える。「世界よ終われ、さもなければ自分よ終わってしまえ」とでも言いたげな、いわば振り切れている人間。たいていの場合彼らは、大人になる前にどこかで受けた〈傷〉を、癒そうとするのではなく、〈傷〉のままに保持しようとする。生長の過程で被《こうむ》った歪みや曲がりを、瘤《こぶ》や節《ふし》として抱えこんで伸びる木のように。そこには成長・成熟はないし、そういう人物は結局は矯正不可能である。『サンクチュアリ』の終盤に明かされるポパイの生長過程のからくりは、そうした矯正不能性の最も端的で、安易に見えるがとてもリアルな形態だと思う。わたしは個人的にはこの部類の〈振り切れた人物たち〉にあまり共感することができない。自殺してしまうクェンティンも含めてだが、「そういうの、ずるい」と思ってしまう。それって結局「やったもん勝ち」ってことじゃないか、と。

一方でフォークナーの人物の中には、彼らほどにはとことん吹っ切れることができずに、「こんなもの」のフィールドに留《とど》まり続ける者たちがいる。赤ん坊の誕生に触れて蘇った気分になるいい気なハイタワー、気弱で喧嘩の弱いバイロン・バンチ、「無よりは悲しみを選ぶ」ハリー・ウィルボーン、それになんといっても『サンクチュアリ』のホレス・ベンボウ……。わたしが心から「いいなあ、わかるなあ」と（勝手に）思うのは、このタイプの、適応能力ひくく、なかば自分の人生を投げている、しかし世界には〈愛〉や〈正義〉や〈美しいもの〉があったらいいのにと思っている、アマちゃんな男たちだ。「踊る阿呆」になれないで「見る阿呆」になってしまう男たち。彼らに人格的な成長があるかと言えば、たぶんない。身を滅ぼすほどの激情は持ち合わせていないが、彼らはそれほどまで何かにとり憑かれた人間に強く惹かれてしまう。なぜなら彼らもまた平板な日常の繰り返しとしての〈生活〉がたのしくなく、自分はほんとうの人生を生きていないと感じているからだ。こちらの人物たちは生き残って「見る」ことを続けねばならない。

だが彼らにも「世界よ終われ！」というような黙示録的な欲望はあるのだ。それはホレス・ベンボウが「この事件が片づいたら、ヨーロッパへ行こう」、「ぼくは変化が必要なんだ。ぼくか、あるいはミシシッピ州か、どっちかが変るべきなんだ」（新潮文庫・加島祥造訳、以下すべて同じ）と言うときに窺《うかが》われる。テンプル・ドレークの話を聴いたあと、「あの子は今夜にでも死んじまったらそのほうが身のためなんだ」と思い、「あの娘とポパイ、あの女や赤ん坊やグッドウィンをみんなガス室に押しこんじまえたらなあ。……憤怒と驚愕の起る一瞬の間にぱっと消しちまうんだ。そしてぼくもだ」と思うベンボウ。『八月の光』のハイタワーなら、たとえば彼が日曜日の夜に耽る次のような物想いに着目すればいい。

……日曜の夜の礼拝集会。それは彼にはいつも、人間が神に最も近づく時刻、七日のうちのどの時間よりずっと神様に近づく時刻だと思われたものだった。教会の多くの集まりのうちでも、この時刻にだけは、教会の約束と目的であるあの平和があるのだ。この時刻にはすでに日曜の朝の礼拝によって心が清められている——その週の罪や禍《わざわ》いがすべて朝の厳《おごそ》かできびしくて形式ばった礼拝で審判され片づけられ浄化されていて、しかもまだ次の週とそのもろもろの禍いは生れていないから、心はいまの一刻《いっとき》だけしばらく、信仰と希望の涼しいそよ風の下で平和なのだ。（新潮文庫・加島祥造訳、以下すべて同じ）

ここにあるのは日常生活の内なる淀みや重みを束の間だけ捨て去ることができる、感情のゼロ地帯をめざす心的なエコノミーとでも言うべきもので、実はキリスト教信仰とは何の関係もない。ハイタワーの感じる「平和」とはつまるところあらゆるファクチュアルなコミットメントから免除された状態、いまだに現実態としてはゼロであるが可能性としては百であるような心的状態で、それは、これまでの自己をチャラにしてしまいたいという欲望に相応じた「時刻」なのだ。或いはバイロン・バンチなら、終盤、丘を登りながら「いま僕は虚無の世界への入り口にいるみたいなんだ。ひとたびこの境を越えれば、たちまち虚無の中に乗りこんじまう。そこでは樹《き》は樹のように見えながら樹でない別の名で呼ばれ、そして人間はそう見えながらも人間でない何か別のものとして呼ばれる。バイロン・バンチは存在しなくてもいいしバイロン・バンチでなくたっていい。バイロン・バンチとその騾馬は一緒になって落ちていって、しまいに燃えつきちまうんだ」と考える箇所を想起すればいい。どこかここではないよそへ行きたい――ベンボウもまた『サンクチュアリ』の冒頭で、四十三歳になるまで続けた生活を捨てて、ただ丘のある場所へ行きたかっただけだとグッドウィンたちに語り、ルービーに「あの男は狂っている」と思われるのだ。

フォークナーの人物たちが抱く、枷《かせ》としての共同体の強制力から逃れたいという欲望は、もちろん決して成就されることはない。たとえばジョー・クリスマスは共同体に叛逆する報いとして、最期にはリンチで殺され、ペニスのあった場所から血を噴き上げることになる。サトペンの人生設計は自らが最も忌避する形で裏切られる。「納屋は燃える」のアブナー・スノープスも、結末の描かれ方からすれば、ド・スペイン大佐によって射殺されたかのように見える。逆説的に、裏返しに、フォークナーの小説では人間のコミュニティのさまざまな様相が、いわば前へ進むのを妨げる抵抗力として、半端でなく見据えられることになる。だから研究者はフォークナーを、アメリカ南部の社会を表象した作家として読み込みたくなってしまうのだろう。

ベンボウやバイロンやハイタワーやウィルボーンは、振り切れた人物たちのように共同体に conform するのを拒絶することはできない。その勇気がないのだ。そのため彼ら少し臆病で内気な男たちは生き延びてしまう。だがもちろんどこかよそへ行くことができるわけではない。やはりこの点で、甘いと言われようとロマンティックと言われようと、『野性の棕櫚』の「そうだ、悲しみと無の間にあって、おれは悲しみを選ぼう」(冨山房・井上謙治訳)というハリーの最後の言葉に、わたしは胸を打たれる者だ。そこには、成長や成熟はなくても、時間を生きる者が被った変化、変容は確実にあるからだ。「若いということ。それこそかげかえのないものだ」、「わしは祈りの習慣を捨ててはならなかったのだ」と考えながら、虫の声を聴くハイタワーにも経験による変化はある。それは経験と自己のイノセンスとの、独特な共存の仕方なのだ。

ベンボウの場合にもそれは『サンクチュアリ』の結末近くに垣間《かいま》見えるのだが、そのことに触れる前に、この四十三年間の自分の人生を修行期間だったかのように思い、不正義が野放しにされることが許せないと思う男が向き合わねばならなかった世界を確認しよう。メンフィスの娼館でテンプルからポパイにとうもろこしの穂軸で陵辱された経験を聴いたあと、自分の家で義理の娘の写真を見た直後、彼は吐いてしまう。

……便器にぶつかり、両腕を突っぱって前にかがむと、その間にあの穂軸が彼女の腿《もも》の下で恐ろしい笑い声をあげた。彼女は寝たままの顔を少しあげ、そのために顎《あご》を十字架からおろされた者のように少し引きつけ、黒くてすさまじいものが自分の青白い体から走り出てゆくのを見つめていた。彼女は平たい貨車に仰向《あおむ》けに縛られていてその車は黒いトンネルを急速力で走ってゆき、その闇は幾本もの硬直した筋となって頭上を流れ、彼女の耳には鉄輪の轟《とどろ》き。その貨車がトンネルからとびだして急勾配《きゅうこうばい》の坂を驀進《ばくしん》すると、頭上の闇には生動する炎が幾条にも細くつらなって息もつかせぬ勢いで天頂へ向い、その間も彼女は、蒼《あお》い無数の点となった光が弥漫《びまん》する虚無のなかで、かすかにゆるやかに揺れつづけた。彼女は下方に——はるかの下方に、あの玉蜀黍《とうもろこし》の穂軸のかすかなすさまじい哄笑《こうしょう》を聞くことができた。

「彼女」はテンプルとも義理の娘ともとれるが、ベンボウが「彼女」になって感じとる、クレッシェンドへと向かう炎と足下のとうもろこしの穂軸のどよめきは、もちろん彼の内面の幻想にすぎない。それは若い女性に貞淑を望む男性の性的な願望を裏返しに反映している。それでも、というよりホレス・ベンボウという頼りない、世の中を知らない四十三歳のいい気な男の、彼以外には見ることのできないヴィジョンであるからこそ、ここにはいわば「世界の痛さ」のようなものがひりひりと感じられる。「穂軸」自体が、何か宇宙的な巨大さをもって、生命を破壊する黒い物として迫ってくる。それをわたしたちはたとえば「悪」と呼んでもいいのだが、そういう言い換えによっては表現できない具体的なものとして、なまなましく迫ってくる。ああ、ここに〈文学〉がある、とわたしは思う。

或いは彼の弁護もむなしく濡れ衣で有罪になったグッドウィンが町の人々によってリンチされ、生きたまま焼かれる場面。「一瞬間できた割れ目を通して、ひとりの男が、炎の塊《かたまり》が、ぐるぐる走る姿を見た、それは五ガロンの石油罐《かん》をくっつけられ、それがロケットの火花のように噴射するのを背負ったままで走っていた。」「ホレスにはそれらの声が聞えなかった。彼の耳には焼かれた人間の叫びも聞えなかった。焚火の音も聞えなかった、しかしその火炎は衰えずに上空へと渦巻きあがっていて、まるで自分で自分を食って勢いづくかのように、音もなく燃えていた、夢のなかで聞く憤怒《ふんぬ》の声のように、静寂のなかから音もなく上へ渦巻きあがっていた。」――わたしたちは、「聞えなかった」と書かれる男の叫び声を確実に聴く。「憤怒の声」は誰のものだろう？　少なくともそれがベンボウといったひとりによって聴きとられていることは確かだ。世界に不正義がまかり通ってはいけないと思い、赤ん坊をネズミから守るために戸棚の中に入れていた女の夫を救おうと、生まれて初めてコミットメントをした、その報いとしてこの「声」はようやく聴きとられる。ここにも〈文学〉がある、とわたしは思う。

その〈文学〉とは、坂口安吾が「文学のふるさと」で言うところの「文学」である。童話「赤頭巾」の救いのない結末について「私達はいきなりそこで突き放されて、何か約束が違ったような感じで戸惑いしながら、然し、思わず目を打たれて、プツンとちょん切られたむなしい余白に、非常に静かな、しかも透明な、ひとつの切ない「ふるさと」を見ないでしょうか」と安吾が言う、その「文学のふるさと」は、フォークナーにもある。ポパイの陵辱は捨て置かれ、無実のグッドウィンは焼き殺される。お人よしのベンボウだからこそ、その事実に突き放されることができる。その男の内部から世界を覗くことで、わたしたち読者もまた突き放されて、ひとつの切ない「ふるさと」を見るのだ。

さてベンボウは経験によってどう変容したのか。わたしが『サンクチュアリ』の中でも最も好きな場面は、裁判でテンプルが嘘をつき判決が有罪と下ったあと、妹のナーシサに車で送ってもらうところだ。

……それから彼は妹の横の席にすわったまま泣きはじめた。彼女は急ぎもせず落着いて車を走らせた。じきに町をはずれていて、両側には成育中のたくましい綿の茎が列をなして並び、それらが平行して後方へと逆流して小さくなってゆく。上り道にかかると、まだニセアカシアが白い花をつけていた。「続くものなんだ」とホレスは言った。「春というものは続くものなんだ。まるでそのことには何か目的でもあるかと思いたくなるほどだ」

ベンボウはなぜ泣くのだろう。自分の無力感と事の推移のむなしさに、救えなかったルービーと赤ん坊に、いや、世界が「こんなもの」であるということに……。泣き出してしまうこの男にともかくわたしは共感する。人間の社会の汚《きたな》さとはまったく無関係に咲く白い花を見て「春というものは続くものなんだ」と、まるでうわ言のように洩らすベンボウは、このとき、続く春そのものにどこかしら救われ、同時に無情を感じている。そこに、「こんなもの」としての世界と「GOD'S CHILD」としての自己の中間でなんとかバランスを取ろうとする、ベンボウの変容、時間を通した彼と世界との関わりの深化が感じられる。そして世界は滅びたりせず持続することを述べた言葉として、「春というものは続くものなんだ」というせりふは、まるで軟弱な者が経験によって購《あがな》った箴言のように響いてくる。そうなんだ、それでこそ〈フォークナー〉じゃないか、とわたしは思う。

（初出：『フォークナー』第10号。日本ウィリアム・フォークナー協会、松柏社、二〇〇八年四月）

ギンズバーグは「カディッシュ」

「すべての書かれたもののなかで、わたしが愛するのは、血で書かれたものだけだ」とニーチェは『ツァラストラはこう言った』で言った。そんな手ごたえ、軋《きし》む重み、刺すような痛さと音楽を聴くような快感……。アレン・ギンズバーグの詩の中でそれを感じさせるのは「カディッシュ」だ。どういうわけだろう、たとえばもう一つの代表作と言える「ハウル」でさえ、比べれば散漫に見える。「カディッシュ」だけなのだ。

アメリカ詩の研究でよく知られる原成吉さんと雑談をしていたら、「ギンズバーグでは「カディッシュ」が一番だと思っている」と言われたことがあった。ぼくもまったく同感だ。おそらく諏訪優訳でだけ読んだ日本の読者でも、そう思っているひとは多いに違いない。だから「ギンズバーグは「カディッシュ」だ」と言うだけでは当たり前のことを口にしているにすぎない。いつか原さん訳の「カディッシュ」が世に出ることを願うけれど、ぼくはぼくなりに、「カディッシュ」はなぜいいのか、どこがどういいのかを、語りたいと思う。ギンズバーグはカウンター・カルチャーのカルチュラル・ヒーローであり、ビート運動やディラン、ウォーホル、ハリー・スミス、さらにはヘルス・エンジェルスらとの関連で、その存在にはしばしば言及される。が詩人としてはどうだろう。近年ヤリタ・ミサコさんの『ギンズバーグが教えてくれたこと——詩で政治を考える』が、その政治性、国家や体制に対抗するメッセージにあらためて照明を当てたことは記憶に新しい。またパティ・スミスが来日してギンズバーグの詩のリーディングをフィリップ・グラスとのジョイント・コンサートでやったとき、村上春樹・柴田元幸両氏がそこで読まれる作品を翻訳したのも比較的最近のことだ。それらはギンズバーグの詩の言葉が現在もきわめてヴィヴィッドに生きていることのあかしだ。とはいえギンズバーグの詩のすばらしさ、とりわけ「カディッシュ」のすばらしさを真正面から語ること、それも「書かれた詩」として、その言葉をしっかり読んで語ることは、依然としてとても必要だと感じる。

詩にオピニオンを求めることは（少なくとも真っ先にそれを求めることは）、間違っている。といって、韻律や押韻をはじめとした〈音〉の響きこそが第一だと言うのも、ぼくには間違いに思える。意味もリズムも渾然となり相まって、ひとの〈生〉（人生）と絡まり合った何かを、言い換え可能なロジックからは零《こぼ》れてしまう、まさにその言葉の形でしか表現できないように表現しているのが、そしてその表現物がどういうわけか読者の心に新鮮で深い痕跡を与えるのが、すごい詩だ。「カディッシュ」を何度も読む経験がそう告げている。鮮明で動かしがたい固有の生が、そこには刻印されている。歴史と政治と肉体が交差する結節点である life を、詩人独自のミスティカルで聖なる次元に触れたヴィジョンに包んで書く。そのとき、詩人の母、ナオミの、傷ましく痛苦に満ちた人生を見渡すパースペクティヴが、オセロで黒が白になるように、変わる。死の嘆き、死者の悼み、エレジー、カディッシュが、ほめ歌、讃歌へと転換する。愛するたったひとりのひとの苦痛、狂気、死が中心にあるからこそ、ギンズバーグの詩の中でも、特別に強い求心性を持った、一生で一回の詩が生まれた。

カディッシュとは死者に捧げられるユダヤ教の儀式の朗誦歌だから、この詩はユダヤ的であるとか、ユダヤ教の背景の理解が不可欠であるとか、芸術のユダヤ的特性が最大のファクターだとか、言う者がいるだろう。だがそうしたエソテリックで排他的な物言いには警戒しなければならない。確かにこの文脈は「カディッシュ」の発生の根幹に関わるし、作中イディッシュによるカディッシュからの引用の一行があり、白らを「スヴァル・アヴラム（Svul Avrum）—イスラエル・アブラハム」と呼ぶ箇所もある（City Lights Books, 31）。だが執筆当時のギンズバーグは既にゲイリー・スナイダーとの交流もあり仏教への傾倒もあって、だからこそ第一部冒頭付近で、「すべての歌い手が……ヘブライの聖歌のように予言し」という箇所では、「ヘブライの聖歌」のすぐあとで「或いは仏教の『答えの本』のように」と言い換えられているのだ(7)。ユダヤ教ユダヤ文化的文脈は重要だ。しかしその理解によってこの詩の読み方が、根本的に変わるとは思えない。「これがわかっていなければ読めないのだ」と普通の読者を弾《はじ》き部外者にするような思考法は、やはり悪なのである。だからあえて「カディッシュ」はユダヤ的な詩なのではなく、いかなる不調法な読者に対しても等しく開かれた〈ギンズバーグ的〉な詩だ、と言おう。

まだギンズバーグが死ぬ前、一九八九年に出され、死後にリヴァイズされたバリー・マイルズの伝記によれば、母ナオミが両親とともにアメリカに移ってきたのは一九〇五年、ロシアの共産主義者の家だった。父ルイ・ギンズバーグはアメリカ生まれの移民の子で、二人とも共産主義を奉ずるユダヤ人だった。徐々に心を病んでいったナオミが、少年時代のアレンとどんな関係にあったか、「カディッシュ」の第二パートは彼が十二歳のときに、ひとりで母に付き添って、精神科医のところへと長いバスの旅をして送っていった際の経験を語っている。「カディッシュ」の第二部は、母ナオミとの体験の、核になるような記憶を幾つか選《え》り出して、それらを数珠つなぎで物語るナラティヴになっている。

ナオミが精神病院で亡くなったのは一九五六年六月、アレンはバークリーにいた。ユダヤ教の葬儀としてカディッシュを唱えてもらうには十人の成人男性（ミニヤンと呼ぶ）が必要だったが、その定足数に参拝者が足りなかったので、それが叶わなかった。翌一九五七年十一月、パリからジャック・ケルアックに宛てた手紙の中で、ナオミの死を悼むエレジーの詩を書き、後《のち》にそれが「カディッシュ」の第四パートになった。だが「カディッシュ」執筆が一気に進んだのは一九五八年十一月だったようで、グリニッジ・ヴィレッジの友人の部屋で夜中の三時にレイ・チャールズのレコードを聴きモルフィネとアンフェタミンを注射し、シェリーの「アドネイイス」を友人たちと朗誦したあとに、ナオミのこと、葬儀でカディッシュが唱えられなかったことを話し始めた。アパートを出て、明け方のグリニッジ・ヴィレッジで少女時代のナオミを想い、強烈な執筆意欲に襲われる。アパートの自室に戻って、「カディッシュ」の第一部から第三部になる部分、分量的には詩のほとんどと言っていい箇所を、一気呵成に書き上げた。土曜の朝六時から日曜の夜十時まで、トイレに立つほかは、ときおり泣きながら、ただひたすら書き続けたという（Barry Miles, *Ginsberg: A Biography*, Virgin, 2000）。（一九九四年に出たギンズバーグの朗読の録音を集めたライノ・レーベルのＣＤボックスに付したブックレット（*Holy Soul Jelly Roll*, Rhino Records, 1994）では、ギンズバーグはパリの出来事を五八年、ヴィレッジでの執筆を六〇年としているが、「カディッシュ」の末尾には「一九五九、ＮＹ」とあるので、本人の記憶違いだろう。そこで彼はレイ・チャールズのレコードが「わが心のジョージア」だったと言っているが、一九六〇年に発売されたその曲であったはずはなく、おそらく別のチャールズのドーナツ盤のブルース曲だったと推測される。）

長々と執筆経過を記したのは、幾重にも推敲された「ハウル」とは違って、「カディッシュ」の主要な部分が、ドラッグの勢いに支えられて憑かれたようになぐり書きされ、ほとんど推敲されないままに定着した詩であったこと（無論手は入れられているにせよ）を確認したいからだ。詩は技巧（テクニック）だろうか？　だが慎重な技巧を凝らして推敲を重ねたいかなる詩よりも、「カディッシュ」の持つ言葉の力は強く、刺すようで、心を打つのではないか。たとえばエリザベス・ビショップの詩を読むと、どれほどの時間をかけて数少ない完璧な詩が作られたのだろうかと驚嘆の念に襲われるけれど、異常なまでの意識の集中状態で次々に繰り出された言葉の集積である「カディッシュ」が、ビショップに劣っているとは思わない。六〇年代には旅をしながらテープレコーダーに吹き込んだ声をトランスクリプトするようになり、そうした手順を取ること自体が、詩形に凝って凝縮させるよりも、自然発生的な息がどこまでも横に滑ってゆくようなギンズバーグの詩の形態をよく示唆しているが、母の死を扱った「カディッシュ」において（だけ）は、長詩でありながら異常なまでに凝縮し求心する詩作品を、彼は書き得たのだと思う。

「カディッシュ」は移民としてアメリカに来た少女時代から電気ショック療法やロボトミー手術を受け精神病院で亡くなるまでのナオミの人生を描き出す。どのようにか。第一部の初めに近い部分を、行の途中から引こう。

……ロウワー・イーストサイドへ歩く——あなたも五十年前、少女のときにそこを歩いた——ロシアから到着、アメリカ初の農薬入りトマトを食べ——波止場で怖がり
それから人ごみの中をオーチャード・ストリートからどこへ?——ニューアークへ——
キャンディ・ストアへ、今世紀最初のホーム・メードのソーダへ、黴《かび》臭い茶色の床板壁の奥の部屋の手攪拌のアイス・クリームへ
教育　結婚　神経病へ、手術、教師養成学校、それから夢の中の発狂の習得へ——この人生は何だ?
窓の中の〈鍵〉へ——大いなる鍵、マンハッタンのてっぺんに光の頭部を横たえ、床の上に、そして歩道の上に横たわり——一条の巨大な光線と化し、ぼくがファーストを下ってイディッシュ・シアターへと歩いているいま……（8）

マンハッタンを歩いている詩人の心に、五十年前少女の頃に母ナオミもそこを歩いたのだという想念が生じ、初めてロシアから移民としてアメリカに降り立った母の記憶が呼び出される。現在の自己の

移動と過去の母の記憶とが、「へ（toward）」によって直接に、無媒介につながれる。「キャンディ・ストアへ」のラインは具体的なできごとの記憶だが、次行で「教育　結婚　神経病へ、手術、教師養成学校、それから夢の中の発狂の習得へ」と記されるそのときに、「カディッシュ」ならではの飛躍が生まれる。具体的な場所を指していたtowardがそのままナオミの生を画する事象・ことがらを指し示すところがすばらしい。それは実際にマンハッタンを歩行していたときの連想の動きであるともとれるし、これを書いている最中の詩人の意図的な言葉の操作であるとも言える。要《かなめ》になるのはもちろん「この人生は何だ？（what is this life?）」である。ひとりの女性のlife全体を一挙に視野に収めるようなパースペクティヴの動き。それはまるで広大な地を、遠眼鏡を逆さにして見るときレンズの中で急激に全貌が縮んで見渡される、そのような動きなのだ。

その運動が「カディッシュ」全体を統《す》べる構造だ。「窓の中の〈鍵〉へ」の箇所はこの段階では何のことか不明だが、長い第二部の末尾まで読み進むと、死んでからアレンに届いたナオミの手紙への言及であったことが判明し、まるで円環を描くかのように詩の〈全体〉が浮かび上がるようになっている。第一部冒頭近くに、

夢で人生を遡《さかのぼ》る、あなたの時間を——ぼくの時間はアポカリプスに向かって加速——
あの最後の瞬間に——その〈日〉に燃えあがる花に——そしてそのあとに来るものに（7）

という二行があるが、ナオミの死という「最後の瞬間」を「アポカリプス」と呼ぶことで、この詩が〈終末から逆に見返されたlifeのすべて〉であることを予示している。

「カディッシュ」の第一部と第二部には、息子として回想するナオミのありのままの姿が、かけらとして鏤《ちりば》められている。たとえば、ナオミを連れ出して、とある貸部屋に置き去りにしたまま家に帰り、父ルイがナオミの宿から電話をもらって、連れ戻しに行く場面。自らは見ておらず父の話で聞いたナオミの姿が、スナップショットのように提示される。

ナオミ、ナオミ——汗だくで眼を膨らませ太って、ボタンをせぬドレスは片っ方開きっ放し——髪上げた額、両脚に邪悪に垂れ下がるストッキング——身体《からだ》に輸血をと叫び続け——正義のために挙げた片手——一足だけ靴を握り——裸足で薬局に立つ——(18)

ある瞬間のナオミの生の姿が、詩の中で焼きつけられる。第二部の中の忘れられない姿。

ある夜、突然に発作——バスルームで騒ぎはじめ——己《おの》が魂をわめき殺すよう——痙攣と口からは赤い吐瀉物——下痢の水が尻から爆発し——トイレの前で四つん這いで——尿が股の

間を流れ落ち――自分の黒い便で汚れたタイルの床の上、吐くがまま残され――気絶もしないまま――（22）

或いは第二部の終盤、最後の入院となった病院を、入院後二年目に訪ねた折の場面。

中に入った――妙な臭い――また廊下――エレベーターで上がり――女性病室のガラスのドアへ――ナオミへ――豊満な白人の二人のナースがいる――二人が彼女の手を取り、ナオミは睨みつけた――そしてぼくの息は止まった――彼女は心臓発作をやっていた――
痩せ細りすぎ骨の上がすぐ皮だ――老齢がナオミに来ていた――すっかり白髪に変わって――骸骨の身体にだぶだぶのドレス――肉こそげ落ちた顔、老女だ！　萎れて――皺くちゃの頬――
片手が硬直――四十年の重みと更年期が一回の心臓発作で凝縮し、いまはびっこ――皺また皺――頭には一筋の傷痕、ロボトミー手術だ――廃人だ、動かぬ手が垂れ下がり死を指している――（29）

長い一生の中の、フィルムの一齣《ひとこま》のような映像――ギンズバーグはそれを、消し去れない痕跡、生のかけらとして、長い詩の中に置いていく。持続する時間の中の流れの一部として描き出すなら小説になるが、これは物語詩でさえない。こうしたナレーションによって、ギンズバーグは、断裂して引き攣《つ》れている記憶の、交換できない細部を解き放つ。それらは苦しい悲しい記憶だ。彼女の生が否応なく死に向かって decline していくプロセスだ。

そのままでは悲惨なナオミの人生を、ギンズバーグは彼女の「狂気」を再定義することによって救い出そうとする。第二部冒頭では丸括弧の中でまずその視点が現れる。

その日の午後ぼくは学校を休み家であなたの世話をしていた——そのとき一度だけ——その頃ぼくは永久に誓っていた、一度ひとがぼくの宇宙についての考えに反対すれば、ぼくはもう破滅だと——
後《のち》まで続くぼくの重荷——全人類に知恵の光をもたらす誓い——これは特殊な事物の解き放ちだ——（あなたと同じに狂っている）——（正気とは合意によるトリックだ）——(13)

正気とは多数派の合意の産物にすぎないのだから、あなたと同じような狂気でコスモスを見る、と当時もいまも考える詩人はここで、「特殊な事物の解き放ち（release of particulars）」と言う。それこそが「カディッシュ」が行なっていることにほかならない。

夫と夫の母がルーズヴェルト大統領と結託して自分に毒ガスを撒布しようとしているという妄想にかられたナオミが、雑誌に載ったベビー・パウダーの広告写真を見ながら、アレンに自分は美しいことだけを考えているのだ、赤ちゃんの手は美しかった、自分は赤ちゃんの頬に触った、と言い募る。そして

ナオミは「死ぬとあたしたちは玉葱になる、キャベツに、人参に、それとも南瓜《カボチャ》に、野菜になるんだよ。」ぼくはコロンビア大学からダウンタウンに下りており、そして同意する。彼女は聖書を読む、一日中美しい思想を考えている。(23)

と書くことで、ギンズバーグは自分がナオミの狂気のヴィジョンに同意することを示している。「ハウル」では個人の狂気を生み出したものは、その個人を圧迫し圧殺する資本主義文明であり、アメリカ合衆国の国家体制だったと見ていいのだが、「カディッシュ」のナオミの狂気は、夫と夫の母をはじめとした家族・血縁を発生源にしているように見える。しかし反ファシズム、反資本主義、反アメリカ国家という織糸は確実に彼女の狂気に織り込まれ、それを加速させている。彼女の「美しい」考えもまた、それらとの対立関係にある。だから「カディッシュ」は根底において「ハウル」と結びついている。しかし、もしもその狂気が「ハウル」とまったく同質のものであったとしたら、ギンズバーグはナオミを詩の女神として、自らの〈詩〉の源泉として、考えることはできなかったろう。第二部

終わり近くで彼は彼女を「ミューズ」として全的に肯定する。

> おお栄光あるミューズよ、ぼくを子宮から産み出し、最初のミスティックな生命の乳を吸わせ、ぼくに話すことと音楽を教えてくれた、彼女の痛みに苦しむ頭からぼくは初めて〈ヴィジョン〉を得た――
>
> 頭蓋の中を拷問され殴打され――呪われた者のいかなる狂った幻覚がぼくをぼくの頭蓋から追い出して〈永遠〉を探し求めさせたのか、遂にはぼくは〈平穏〉を見つけ出す、汝、おお〈詩〉のために――そして〈始原〉へのすべての人類の呼びかけのために（29）

こうした表現や言説を、宗教的ないしはスピリチュアル的として斥《しりぞ》けたい者もいるだろう。しかしギンズバーグに寄り添うということは、この一節を信じることなのだ。彼の政治的な言表もまた、この「ヴィジョン」の真正性への信によって、それとの生きた緊張関係によって発生し、強さを発揮するものだ。ナオミの狂気を自らの「ヴィジョン」の導きの糸として、「詩」をうたうことを自らの使命とする。これ以上に母の生に「イエス」を言う道があるだろうか。もしも母の狂気がそうでないならば、彼女の人生も、自分の詩も無意味になる。これだけはどうしても譲れない点で、ギンズバーグは「カディッシュ」で読者がそれを認めなければ、立ち去ってほしいと願っていただろう。立ち去る自由はもちろんたっぷりとあるのだが。

詩は死と結びついている。「あなたは脱出した、〈死〉があなたを抜け出させた、〈死〉には〈慈悲〉がある、……遂にあなた自身と別れて——純粋《ピュア》に——〈赤ん坊〉に返ったのだ、あなたの〈父〉より前、ぼくたちすべてより以前の暗闇に——この世界よりも前に——」(9) と言うように、ナオミは死によって解放されたとギンズバーグは考える。というよりそう考えたいのだ。その十一行下で彼は書く。

ぼくにはまだあなたが感じたことが予見できなかった——どんなおぞましい悪い口の開け方が最初に来たのか——あなたに——あなたは心の準備ができていたのか？
そしてどこへ行った？　あの〈暗闇〉の中に——あの——あの神の中にか？　或る光輝へ？〈空虚〉の中の主にか？　夢の中の黒雲の中の瞳のようにか？　とうとうヘブライの神があなたと一緒になったのか？(10)

ナオミは死んでどこへと赴いたことになるのか。そこは父なる神よりも前の、永遠の救済の約束された世界であるのか。繰り返される疑問符は彼自身がそれを知らないことを示している。第二部の終わり近くになって、ギンズバーグはもう一度死を呼び出す。「宇宙の母である〈死〉よ！——あなたの裸をいまこそ永久に身に帯びよ、あなたの髪に白い花を帯びよ、空の背後に封印されしあなたの結婚を——もういかなる革命もあなたの処女性を破壊することはない——」（30）もはや結婚生活にも革命の思想にも苦しむことはない。そう書いたすぐあと、一行空けて、彼は病院に最後に母を見舞ったときの記憶を召喚するのだが、その呼び出しの言葉はこうだ。「戻れ！　あなた！　ナオミよ！　あなたに頭蓋を被せよ！　やつれた不死と革命が来る——小さな拉《ひし》がれた女よ——病院の灰色の屋内の眼よ、肌の上の病棟の灰色よ——」（30）死によって肉体から解放されるなら、なぜギンズバーグは最後にもう一度死の前の彼女を「やつれた不死と革命」として呼び戻すのか。おそらく詩人自身にとっても、個体の人生をすべて溶解させ霧消させる死を、たとえばホイットマンが歌ったようには、受け入れられてはいないのだと思う。第二部末尾近くで、「死の間近で——まだ眼を持って——その形態でぼくの愛するひとがいた、あのナオミが、まだ地上にぼくの母が」（31）と書き、まだ地上に残っていた「あのナオミ（the Naomi）」の肉体の形を語る点にこそ、死をめぐるギンズバーグの切実な揺れがある。だが、死の意味を再定義したいというギンズバーグの希みは肯《うべな》われる。それもまた「カディッシュ」という詩の成立がかかっている主要な論拠の一つなのだ。

しかし「カディッシュ」がすばらしいのは、ナオミの地上の生が、それ自体でよきものだったことを語ろうとするところにある。第一部ですでにギンズバーグは書いていた。

それはただ一度だけ精神のために耀いた太陽にすぎないのか、何もないよりはましなほんの一瞬の生存の閃きだったのか？

ぼくたちが持っているものの向こうには何もない——あなたが持っていたものの向こうには——それはあんなにも惨めなもの——だが〈勝利〉なのだ、

此処《ここ》に存在したことが、そして変わった、一本の樹のように、壊れて、あるいは花のように——土に養われて——だが狂った、色づいた花弁とともに、〈大いなる宇宙〉を想い、砕かれて、頭を切られ、葉を剝《む》かれ、卵箱のような病院に隠れ、布巻かれ、痛みながら——月の脳で興奮し、〈無〉もなしに、

あの花のような花はどこにもない、それはガーデンの中で自らを知っていた、あのナイフと闘った——敗れた（10）

「あんなにも惨めな」生はそれでもそのまま「勝利（Triumph）」だ。ナオミは花だ。ほかにはそのようないかなる花も存在しない。生を破壊する「ナイフ」、それを文明や国家と重ねてもいいし、すべてをみすぼらしく食い漁《あさ》る時間という運命だと見てもいいのだが、それと壊れながら破れながら戦ったひと。この世に生を受けて、その後否応なく「変わった」のだとしても、その変わりようはそれ自体がすばらしいものではないか。肯定に向かうギンズバーグのドライブは、第一部末尾において、詩人の強い決意として表れる。

これを受けとれ、この〈讃歌〉を、ぼくから、ある一日に、ぼくの〈時間〉の一部に、ぼくの手から迸《ほとばし》ったものを、いまや〈無〉へと与えられたもの――汝を讃えるために――だが〈死〉は
これが終結だ、〈荒れ野〉からの贖《あがな》い、〈惑う者〉のための道、〈全〉のために求められた〈家〉、
嘆きの涙で清く洗われた黒いハンカチ――〈讃歌〉を超えた頁――ぼくとナオミの最後の
変貌――神の完全な〈暗闇〉への――〈死〉よ、汝の幻を留《とど》めよ――（12）

別の箇所でこの詩は「悲歌（Lament）」（25）と呼ばれているのだが、「カディッシュ」がまったく同時にそのまま「讃歌」でもあることが、彼の夢だった。死を忌むとともに讃えて、何よりもナオミの一回限りの生を肯定すること、そのために「カディッシュ」は存在する。第二部のナラティヴが終わると、第三部の前に「HYMMNN」（「hymn」の独自な変形）と題された讃歌が現れ、そこでは「……に祝福あれ（Blessed be …）」という祈願文が繰り返される。「涙にあるあなた、ナオミに祝福あれ！　恐怖にあるあなた、ナオミに祝福あれ！　病にあるままに祝福あれ　祝福あれ　祝福あれ！／病院にあるあなた、ナオミに祝福あれ！　孤独にあるあなた、ナオミに祝福あれ！」（32）と続く祈願は「あなたの勝利に祝福あれ！」と移っていき、さらには「あなたの敗北に祝福あれ！」となるのだが、つまり「勝利」も「敗北」も同じで、どちらであっても、ナオミの人生はそのままで祝福されねばならない。この連禱《れんとう》は遂に「ぼくたち皆に来たる〈死〉に祝福あれ！」で終わるが、死もまた、或いは個

の死すべき運命そのものもまた、ほめ歌へと転換されねばならない。
最後を締め括《くく》る第五部は、有名なカラスの鳴き声、“Caw Caw Caw” で始まり、次行ではそれが “Lord Lord Lord” になる。

カー カー カー 鴉《からす》どもがロング・アイランドの墓石を照らす白い陽光の中で喚《わめ》く
主よ 主よ 主よ 草の下のナオミ ぼくの生の半分 彼女の生に劣らずぼく自身の生 (36)

カラスの声は現世・地上の苦痛に満ちた生、時間の中に囚われたソウルの汚辱を叫んでいる。他方、「主よ 主よ 主よ」という主の名の召喚は、英語では同じような音の響きで韻を踏みながら、それとは正反対の方向で、詩人の祈りを示している。

カー カー〈時間〉の呼び声が足元からつんざき、一瞬、宇宙に翼
主よ 主よ 空に轟《とどろ》く谺《こだま》、破れた葉群れを通る風、記憶のこの咆哮

「記憶のこの咆哮」は傷ましいものだろうか。おそらく傷ましいままで愛《いつく》しむべきもの、軋みとともに甘美に響くべきものなのだ。最終行、

Lord Lord Lord caw caw caw Lord Lord Lord Lord caw caw caw caw Lord

は決して機械的な反復の遊びではない。或いはむしろ命がけの真剣な遊びだ。同じ行の中で隣り合って発音される二語は、世界の在りようを暗示する対極的な語であり、この行の姿は、それら二つがまったく同列に隣り合い混じり合って、一体になっているさまを表現している。悲痛なもの・汚辱に満ちたものが、完璧にそのままで、尊く聖なるものでもあるということを。

　それはニーチェの言う「永遠回帰」としての生の肯定ではないだろうか。ひとの現在の時間、一回限りの自分の人生のあらゆる瞬間が、無限回繰り返される。これまでも繰り返されてきたし、これからも永遠に繰り返される。それを実存の次元で肯定すること。それが自分の人生であってよいという程度の話ではなく、それこそが自分が望み選ぶ人生だということ。ギンズバーグはナオミの生をそのように、ナオミに代わってなぞることによって、自分の生にも「然《しか》り」を言おうとしている。ギンズバーグは第一部で「やって来たものは毎回永遠に過ぎ去る（What came is gone forever every time）」(9)と書いていたが、それはやって来る瞬間は必ずなくなってしまうという意味であるとともに、毎回永遠にそうであるということを示してもいる。ギンズバーグはニーチェほど確信をもって、断言とともに生のすべてを肯定できたわけではない。そこには pain があり、軋みがある。ただ彼は〈詩人〉として、愛する母の狂気の果ての死を謳おうと全力で試みる。詩である限り、詩人も読者も何度でもそれを読み、ナオミの死を、否、生を経験し直すことができる。朗読するたびに肯定がなされる。うたわれることによって、おそらくそのことによってだけ、ナオミの人生は無限回繰り返しても、祈りとともに、歓びとともに回帰する。

第二部の冒頭は、「まだあなたの歴史を書き終わっていない——それを抽象的なままにしておく——幾つかのイメージが精神の中を駆けめぐる——家々と歳月によるサクソフォンのコーラスのように」（13）と始まるのだが、「あなたの歴史」を書くことが「カディッシュ」の目的（の一つ）で、それが否応なくある種のナラティヴ（物語）の形をとるとしても、それは小説や回顧録ではない。サクソフォンのコーラスのようにイメージが駆けめぐる、そんなふうに物語ることがまさしく〈詩〉だ。

多くを書き残してしまったが、最後に、どうしても言い置いておかねばならないと思うのは、冒頭と第二部の最後に現れる「窓の中の〈鍵〉」についてだ。そのイメージはナオミの最後の手紙で書き記されたものだった。死んだあとに届いた手紙、それをギンズバーグは「慈悲深い〈詩の神〉の作品」（31）と呼び、「それは萎れた草を緑にさせ、岩をも草の中で割れさせる——あるいは地球に恒常する太陽だ——あらゆるひまわりの太陽、輝く鉄橋の上の日々——古い病院にも照り注ぐもの——ぼくの庭にも」（31）と言う。だから「カディッシュ」における最高の〈詩〉はナオミのヴィジョンによってもたらされたことになる。

不思議な〈予言〉が新たになる――彼女は書いていた――「鍵は窓の中にあるよ、鍵は窓辺の日光の中にある――鍵はわたしが持ってる――結婚おし、アレン、ドラッグはおやめ――鍵は桟の中にある、窓の陽の光の中にあるよ。

愛を、

お前の母」

それがナオミだ――

死の直前のナオミの頭の中にあったkey、太陽の光の中にある「鍵」は、結果としてギンズバーグに、ナオミの人生は「窓の中の〈鍵〉へ（Toward the Key in the window）」いたるために在ったと、詩の冒頭で書かせた。ナオミの狂気によって孕まれたイメージが、アレンによって最高度に真剣に受け継がれ、拡大される。その「鍵」は、世界＝宇宙の秘密を明かす特別な存在だ。しかしギンズバーグも読者も、それが何であるかを知らない。ナオミ自身も知ってはいなかった。それを〈知る〉、知の対象として規定するような必要があるだろうか。否、おそらく「カディッシュ」一篇がその鍵なのだ。ぼくはそれを真に受けたい。

（書下ろし）

ボブ・ディラン——自己を他者化するパフォーマー

ボブ・ディランは期待を裏切る

昨年（二〇〇九年）にリリースされた『クリスマス・イン・ザ・ハート』は、六〇年代のイメージのままディランを捉えているさほどディラン・ファンでない人たちをも少しは驚かせただろうが、長年のファンにとっても、「あいかわらず変なことをやってくれるなあ」と吃驚《びっくり》するアルバムだった。その証拠に、日本版のＣＤの帯には「今、何故クリスマス・ソングなのか・・・」と記されていて、レコード会社自体まで戸惑っていたことが判る。このアルバムを一聴した途端に感動したひとがいたとしたら、いてもいいけれど、ボブ・ディランの受けとめ方としてはどうかなと思う。コンパクトなバンドによるとはいえ、また『ラヴ・アンド・セフト』以降アメリカン・ポピュラー・ミュージックを隔てなく取り込んできたこと（たとえば『テーマ・タイム・ラジオ・アワー』のラジオＤＪの活動も含めて）を知っているとはいえ、やはり甘いポップ調のバックコーラス付きで、"Here comes Santa Claus!" とノリノリで唄うディランに対しては、一度は「ギョッ」となって、「アーメーン」と永く伸ばした彼の声とともにアルバム一枚が終わるまで、唖然として聴き終わる、という反応が自然なだけでなく礼儀でもあるように思う。なぜなら、もう七十歳に近いディランが、いまだにやってのけることが意外で、予測不可能で、「ヘン（strange で weird）」であるからだ。アルバムジャケットのデザインも含めて、アメリカ文化の商業的な遺産が何重にもコーティングされているキッチュでかつ上等のアートみたいなこの代物は、わたしにとっては、たとえば『マルホランド・ドライヴ』のデヴィッド・リンチの世界の中にそのままで入り込めるほどに、気味悪さと快感のギリギリの境界線上にあり、違和感がそのままの形で愉しみへと変化する、ボブ・ディラン極めつけの一枚である。何を考えてこんなことをしているのか判らない、その判らなさがどういうわけか〈魅力〉そのものである、というところに、アーティストとしてのボブ・ディランの本領がある。そして二度目に聴き直すと、ディランが歌詞の意味に合わせて、実にさまざまに声音を変え感情をこめて唄っていて、あの「ノリノリ」は本気であり、キリスト誕生の祝いの日の歓びを心から伝えようとしていることが分る。最初に聞いた隔たりは急速に収縮してディランの声は身近になり、しかし疑問符は消えないままで、聴き手の自分と一体にはならない。

他者（周囲）の期待（「あなたは××であるはずだ」）を裏切り続ける事例にこと欠かないディランだが、もともと他人からの決めつけをはずす運動そのものが、初期から一貫してボブ・ディランを規定する人生の身振りなのだった。リベラルな政治運動と連動したフォーク・ソングのプリンスから、エレクトリックなロックンローラーへ、実存の詩人へ、カントリー・シンガーへ、世間から引き籠ったファミリー・マンへ、映画俳優へ、『血の轍』の苦しい恋に傷ついた人間へ、『ローリング・サンダー・レヴュー』のサーカスのリング・マスターのようなメディシン・マンへ、『レナルド・アンド・クララ』の混沌そのものの自画像へ、そして「ボーン・アゲイン・クリスチャン」としての熱烈な帰依とプリーチャーへ……。たとえばトッド・ヘインズの映画『アイム・ノット・ゼア』の知恵は、これらを時間的に継起する変化として捉えるのではなく、この時期までのディランの多面性を巧みにコラージュし、複数のディランのペルソナが併存する、潜在的な物語群に仕立て上げた点にある。この映画はボブ・ディラン論としては圧倒的に正しくて、二十一世紀に入って、ようやく複数化し他者化するセルフをディラン像の中心に据える見方をスタンダードにした。とりわけホーボーとして列車で旅をし、ウディー・ガスリーのギターを持って移動する少年が黒人の子役であるところ、それにいわゆる『ベースメント・テープ』的世界のキッチュでサーカスめいた賑わいの場にビリー・ザ・キッドと呼ばれる男（リチャード・ギア）を配したところは、この映画の批評的な冴えが際立つ部分である。一点、ヘインズがずるいと思わされるのは、八〇年代以降のボブ・ディランが〈批評〉の対象になっていないことだ。それでも「真のディラン」などを一切探すことなく、人間には一つに統合される固定的なアイデンティティがある（べきだ）という俗説を排し、ボブ・ディランにおける自己の複数化・自己の他者化をシミュラークルの戯れの束として提示した『アイム・ノット・ゼア』こそは、律儀にディランの人生に一本の筋を通そうとしたドキュメンタリー『ノー・ディレクション・ホーム』のマーティン・スコセッシに比べて、断然優位にある「伝記映画」の試みだった。ラリー・チャールズがディラン本人を巻き込んで作った映画 *Masked and Anonymous* は、日本では『ボブ・ディランの頭のなか』という商業的にはやむを得ない題名を付けられたけれども、「仮面をつけて見知らぬ人に」或いは「別の顔、別の名前」とでも訳すべきで、そこにはやはりボブ・ディランをよく分っている者だけが思いつくことのできる優れたディラン批評が潜んでいる。チャールズのシミュラークルの世界の遊び方もまたヘインズと通ずるもので、やはりすばらしい。とはいえいずれにも欠けているのは、複数化し他者化してしまった自己を、たった一人の（小さな肉体を持った生身の）人間が何十年も発狂せずに担い続けていることへの視座なのだけれども。

「期待を裏切ること」はこの場合、ディランという一人の人間に潜在する複数の可能性がさまざまに顕在化することを意味する。ヘインズはその性質を、あえて役者を変え、想像上のものも含めた別人たちのストーリーを並べることによって表現したのだが、その分個々の物語は相対的であるかのような印象を醸し出したかもしれない。しかしディランの個別のペルソナの表現は、たとえば「ハッティ・キャロルのさびしい死」のように誠実で静かに社会の悪を感じさせたり、「雨の日の女」のように「ストーンされること」の二重性（ないしは多義性）を祝祭的にことほいだり、「ユア・ア・ビッグ・ガール・ナウ」のようにコルクの栓抜きで胸が抉《えぐ》られるほど痛切であったり、「ハリケーン」のように無罪の黒人囚釈放のために時限的に運動を巻き起こしたりと、他《た》との比較を一切絶した、これ以上なくリアルな現実態になっている。リアルさの源泉にあるのはあのほかの誰のものでもない声だ。けれどもどの録音も運動もその場（だけ）の一回性のものであり、あまりに高速度で動き続けるので、〈ボブ・ディラン〉とは？という問いを立てれば、眩暈《めまい》が起こってくる。

ボブ・ディランはズレる

そもそもユダヤ人（の「中産階級」）である出自を隠し、Bob Dylanという誰も見たことのない変てこな名前を帯びて、嘘をついて出発したアーティストのディランには、起源が空虚であったわけだが、かといって後《のち》のディランの変化が意図的な思惑に基づいていたわけでもなかった。ペルソナ・仮面の付け替えは半ばは自覚的だが半ばは「天然」なのだ。（『追憶のハイウェイ61』の自作のライナー・ノートにある言葉を使えば）外部にある"beautiful strangers"に惹かれ、ミスター・タンバリンマンやジョーカーマンに呼びかけるとき、実はボブ・ディラン自身が「ビューティフル・ストレンジャー」になっていっており、自覚のないままにタンバリンマンでもジョーカーマンでもある。

デビュー当時、『ニューヨーク・タイムズ』のロバート・シェルトンによる初のインタビューで、ディランは十一歳のとき家出をして「カーニヴァル」の一座に付いて行ったと語ったわけだが、ここで「カーニヴァレスクな主体」というものを想定してみることができる。彼の自我は基本的には充実していなくて空虚である。外にはノイジーで楽しそうな雑多なものがざわめいている。こっちには火吹き男がいて、あっちにはナイフ投げ師が、スネークを巻いた女が、そして小人が、二挺拳銃のガンマンがいる。彼の内面は彼らに一度ずつ次々に惹かれていく。そのつど彼は別人になっている（別人に向かってわけの判らない状態になりつつある）のだ。こういう主体においては、自己と自己とがズレを引き起こし、ついさっきまでの自己といまの自己、いまの自己とこれからの自己は違ってくる。ボブ・ディランにおける「自己の他者化」と言うとき、そこには二重の運動があって、これまでの自己から他なるものへと向かう運動と、過去の自己を既に他なるものと見る運動とが同時に一体になって、〈現在〉の様態をつくっている。ディランの歌の題名を用いれば「I and I → and I → and I → and I →……（以下無限に続く）」という運動が起こっていることになる。他人から見た過去の自分のイメージを仮面と見切って笑うことが問題の核心なのではない（それでは安易すぎる）。それをいつのまにか仮面として取り扱ってしまっている、その運動が止まらないことが重要なのだ。ひょっとしたら仮面でないかもしれないものが仮面の変装のように浮遊し続ける現在進行形のズレ方と、それを瞬時に肯定する勢いが……。

六〇年代の定番ディラン・ソングにおいて読みとられるあのノイジーな賑わいと、その混沌の只中《ただなか》で笑っている個人の感じ。「デゾレーション・ロウ」でもいいし、「ヴィジョンズ・オブ・ジョハンナ」でも、またラヴ・ソングのはずが周囲の雑多な他者たちのことを列挙してばかりいる「アイ・ウォント・ユー」でもいい。キッチュな有名人の名前をパロディ的に担った人物が増殖して行動するばかりの詩集『タランチュラ』を想起してもいい。自己の中心の一点から本心のメッセージを発するのではなく、通っては過ぎていくストレンジャーたちで自分の内部に空間を作り、楽しいノイズをいっぱいに響かせる。当時の詩の世界は、ディランのカーニヴァレスクな主体にとても見合った表現になっている。

だがそういう主体はもちろん不安定で、ときとして（元気がないときには）不安である。いつも流動している主観性に誰が平然と耐えられるだろう。キリスト教的な世界観（世界を創造した一神教的な神がいて、モラル・善悪の規準を備えているけれど、世界はムチャクチャに荒廃している、というふうな）は、いろんな批評家も指摘しているようにもともと六〇年代からボブ・ディランには垣間《かいま》見られたものだが、七〇年代末の「ボーン・アゲイン」の洗礼、福音派的なキリスト教のドグマへの徹底的な没入は、やはりそれ以前の彼の私的な状況がいかに混乱し、動揺していたかを示す現象だろう。

当時から八〇年代後半にかけての時代に、ディランが黒人女性シンガー数名をバック・コーラスに従えていた事実は、モラルがはっきりしていて、価値観が揺るがない黒人文化のスピリット（ソウル！）に寄りかかりたいという欲求の表れだ。大抵は暴露的でつまらないハワード・スーンズの伝記『ダウン・ザ・ハイウェイ』の中の数少ない興味深い記述は、八〇年代末にディランが大真面目にグレイトフル・デッドのバンド・メンバーに（一時的であっても）入れてほしいと希望して、メンバーたちが可否について投票までしたという事実だが、それほど一人で〈ボブ・ディランする〉のは苦しいことなのだ。揺れるという一点においてディランはいつも滑稽なまでに真剣だ。だから信じられる。

特定の宗派・ドグマのお先棒を担いでいた一時期が行き過ぎの期間だったとしても、アルバム『インフィデルズ』以降も、一神教的な神と絶対的なモラル、そこから見られた破滅的で終末論的な世界の現状、といったヴィジョンは現在まで変わらない。ベルナール・スティグレールの『現勢化』の言葉を借りれば、「それは真理の中で生きることではないにせよ——そんなことはもちろん幻想なのですから——、少なくとも真理の問い question の中で生きる、つまり真理を求め、その試練の中で生きるそんな生き方です」(26) というように、ディランは答えとしての「真理」を保持しているのではなくて、（十九世紀のハーマン・メルヴィルもそうだったように）「真理」を求めるという状態、問いを続けるという状態において揺れ、動き続けている。ただ、ときどき自分でも何が言いたいか確《しか》と判らない状態で、預言者が託宣を下すような歌詞を書くのだ。それこそが〈才能〉というもので、八〇年代以降のディランのとびきり刺激的な歌、たとえば「グルームズ・スティル・ウェイティング・アット・ジ・オルター」とか、「フット・オブ・プライド」とかでは、たとえ終末論的な構図に基づいて書かれたとしても、結果的に伝わるのは意味の判らない多数のノイジーなものが犇《ひし》めき合っているような混沌であり、ロックのビートでそれが唄われるとき、六〇年代半ばの歌からそんなに変わっていないようにも感じられる。キリスト教終末論的なフェスト（祭り）の感覚、或いは多方向に拡散して収拾がつかない感じ……。

それに、ディランが尊敬するアメリカのシンガー、たとえばブラインド・ウィリー・マクテルも神への信仰の歌を唄っていたし、ディランにとって誰より敬愛・崇拝すべきハンク・ウィリアムズはホワイト・ブルースを唄っただけでなく、ルーク・ザ・ドリフターという名前でプリーチングのレコードを出していた。この点では、彼が見習いたいと思うアメリカン・ポピュラー・ミュージックの先達たちと、ディランは同じなだけだとも言える。とりわけ九〇年代以降、ディランにとってアメリカン・ポピュラー・ミュージックは宗教以上に宗教的な存在であることを本人が隠していない。一九九七年の『ニューズウィーク』のインタビューでディランは「ぼくは音楽の中に宗教性と哲学を見る。それはほかのどこにも見られない。「レット・ミー・レスト・オン・ア・ピースフル・マウンテン」とか「アイ・ソー・ザ・ライト」のような歌――それがぼくの宗教だ」と言っている（*Studio A*, 236）。

過去のアメリカ音楽はディランにとってかりそめの主体を立ち上げるための生きた潜在性の場であり、そこに触れている限り、彼は安定していられる。『トゥゲザー・スルー・ライフ』の一九五〇年代後半のチェス・レーベル風な音楽、たとえば「マイ・ワイフズ・ホームタウン」の最後に響く笑い声は、ディラン自身の声でもあるが、同時にマディ・ウォーターズやハウリング・ウルフ、それに(チェスではないが)ライトニン・ホプキンズら黒人ブルースメンの声音(の演技)でもある。『ラヴ・アンド・セフト』からの三つのアルバムにおいて、とうとうディランはアメリカン・ポピュラー・ミュージックという潜在性の邦《くに》(「盗み(theft)」が咎められる必要のない場所)で自在にリラックスして、かつ本気で創造することができるようになった。ドゥルーズ＝ガタリの『千のプラトー』の序文は、無意識を構築するたえず変更される地図をアメリカ性と結びつけたけれど、ケルアックの『オン・ザ・ロード』やギンズバーグの詩集『アメリカの没落』が空間的に不可視の〈アメリカ〉をマッピングしたように、ディランはアメリカ音楽の遺産という時間軸を使って、リゾーム状の〈アメリカ〉の地図を作り続けている。

ボブ・ディランは刺激する

けれども問題はきっと「ボブ・ディランとは誰か?」ではなく「ボブ・ディランとは何か?」なのだ。いまだにディランについて書かれた最高の参考書である『ローリング・サンダー航海日誌』の中でサム・シェパードは書いた。「ディランは自分自身を発明した。彼は何もないところから自分をつくりあげた。自分のまわりにあったもの、そして自分のなかにあったものから、自分をつくった。たいせつなのは、彼がどういう人間かを知ることではなく、そのままの彼を受けいれることだ。……自分を発明した人間は彼が最初ではないが、ディランを発明したのは彼が最初だ。……人が自分の外側に、飛行機や貨物列車みたいに何かをつくりあげたときに、何が起こるのか？　みんなが、その人のありのままの姿を見るようになる。……みんなは、それがどんなものなのか、どんなものでないのかをつきとめるのに長い時間をかけたりはしない。みんなは、それをつかって自分の冒険をする。」（191）

もう一つ引用――「Eマイナーをひとつひくだけで、彼は神秘のなかにいる。なぜなら彼自身が神秘そのものだからだ。彼自身が、「ディランはどういう人間なのか」という問題を、「ディランはどういう存在であるのか」という問題に変えてしまう」（272）。「神秘」は“mystery”の訳語だが、バンド・メンバーとさえ気さくに喋らないボブ・ディランは、自分自身を説明しないままに、雄弁にふるまえる人間である。そういう在りようを、「パフォーマティヴ」な存在と言うこともできる。自己意識が自己のやっていることを対象化するのではなく（弁明）、そういう意味では非決定なままにしておいて「ほら、これを見て（聴いて）」と自己提示する（たとえば「Eマイナーをひとつひく」）。自伝『クロニクルズ』はスーンズの伝記へのリアクションとして書かれたものかもしれないが、（真偽のほどが判らないまま）やたらに詳しく細部を語りながらも、「わたしは××な人間です」とは言っていない。『テーマ・タイム・ラジオ・アワー』のDJとしての言葉もそうだ。それは行為遂行的な雄弁さである。「無責任」と言えるかもしれないが、responsibility は「応答可能性」であるとしたら、たえまなく聴衆を前にしてパフォーマンスし続けることもまた責任の取り方なのだ。「自分は誰か説明せよ」という弁明の要求が抑圧になり得ることと、「無責任」をミステリーの表現としての技術に変えることとは、裏腹である。さまざまな集団的アイデンティティを含めて、ときには「わたしは××である」と表明する行為が、（特にアメリカ社会では、或いは日本社会でも）切実に必要な状況がある。だが誰もが過剰にそうすべきなわけではないし、カテゴライズされるのをどこまでも拒む部分が誰の主体にも存在する。ディランが範例的なのは、そんなときである。

シェパードの言うとおり、ディランはアイデンティティをでっちあげた。それは常に半でき・生できの固形以前の状態である。ショー・ビジネスで名前を変えることはユダヤ人にはよくあることだと言ったりして、ディランのユダヤ人としてのアイデンティティを重視する批評家（学者）もいるが、つまらない見方だと思う。ニーチェは「人はいかにしてその人になるのか」ということを問題にしたが、ロバート・ジンママンがボブ・ディランになるとき、「ロバート・ジンママン」という所与でしかない名前は無名化し、むしろ「ボブ・ディランが〈ボブ・ディラン〉になること」が前景化するのだ。つまりディランにおいては"becoming what I am"（「わたしが現にそうであるところのものに成ること」）が問題になるのだが、それは人前で演奏をし、音楽をリリースする行為によって"I am what I am doing."と示すことなのだ。「なるべき〈ボブ・ディラン〉」とは「ボブ・ディランは××である」という命題の文型によっては言えず、「ボブ・ディランは××する」という動詞形によってしか言い表せない。コンサートの度ごとに、アレンジやメロディ・ラインを変え、息継ぎやフレージングを変えて、聴衆を「?」の嵐に巻き込むことで、ボブ・ディランはあらたに（はじめて）〈ボブ・ディラン〉に成る。流動しつつある言語化できない〈それ〉は、それ自体としては彼の肉体によって表現される限り、絶対に変わりようのない〈ボブ・ディラン〉の意味なのである。あるインタビューでディランは『ラヴ・アンド・セフト』のことを「自伝」であると言っているし（*The Essential Interviews* 427）、別のインタビューでは自分の音楽は“professional”というよりは“confessional”だとも言っている（*Younger Than That Now* 270）。その言葉を使えば、ディランの表現は通常の意味で告白をしない告白であり、自分のことを物語らない自伝である。矛盾している？　けれどもそれを矛盾と見ないように誘《いざな》われることが、ディランと向き合うレッスンなのだ。

だからこそシェパードは、ディランについて人は意味づけるのではなく「それを使って自分の冒険をする」のだと言った。言い換えれば、ボブ・ディランは他者を刺激し、生産に向かわせるミステリー装置だということだ。あまりにもアンビギュアスで客体化不可能であるために（自分でも客体化などできない）、人はまず「？」となり、違和感や距離を、それもディランにどんどん（磁石がそうなるみたいに）惹かれていくときの動く距離感を感ずる。そういう距離感を喜ぶことができる者だけが、ディランの賛美者になる。イギリスのロック雑誌 *Uncut* の二〇一〇年一月号によると、前年七月二十三日、ニュージャージーでツアー中、ブルース・スプリングスティーンが『ボーン・トゥ・ラン』を書いた家を探して一人で歩いていたディランは、ラテン・クォーターの近隣住民に不審者として通報されて警官につかまったという。近くの病院から抜け出してきた人かと疑われたらしく、ディランのことを知らなかった若い警官は「彼は本当に suspicious に見えました」と語ったそうだが、これこそディランの（天然で）神秘めかした深刻さのないミステリーの形である。サスピシャス、怪しい人間、不審者——それは単に外見（服装とか挙動とか）の話ではなく、パフォーマンス自体においてもそうなのだ。ボブ・ディランによってわたしたちは、ストレンジさ／ウィアードさとしての差異に不意打ちされ、予測をはずれた〈できごと〉に出遭うが、それを〈生きる〉ことと呼んでも間違いではない。

ボブ・ディランはパフォームする

今一度スティグレールの言葉を借りれば、「存在（être「在る」ということ）の解釈はその変化によって――生成変化（devenir「なる」ということ）において――遂行しなければならない」（33）。真の記憶であるアナムネーシスと対立する概念、人工的な記憶、「人為物、すなわち不死であるはずの死んだ見せかけ《シミュラクル》でしかない技術」としてのヒュポムネーシスを用いて、潜勢態から現勢態へと「私」を生じさせる（56）、というこのモデルは、ディランのパフォーマンスを考えるのに役に立つ。ステージ上で、ディランは、聴衆が既に覚えている〈ボブ・ディラン〉をなぞることを拒否して（マイケル・ジャクソンやストーンズのライヴのちょうど対極だ）、常に差異を提示する。たとえば今回の東京公演の初日（二〇一〇年三月二十一日）でやった「コールド・アイアンズ・バウンド」では、マーチ風ともいえる激しいドラムのビートに乗せて、ほとんどラップのように歌詞を吠えていたのだが、演奏が始まったときには、わたしには何の曲かさっぱり判らない。ようやく歌詞の一部が聴きとれて曲が判明したときにも、（ＣＤ版のサウンドの記憶のせいで）違和感は消えないままプレイは続く。だが真ん中あたりまで来ると、これ以上は出せないくらいの大声でビートを刻んで唄い、リトル・ウォルターみたいな大音量のブルースハープの即興演奏をするディランに対して、これはこれでいいんだ、と思えてくる。曲が終わる頃には、パフォーマンスの凄まじさで、ああこれこそがいいんだという感覚に変わる。この曲だけでなく、今回のツアーは、たとえば二〇〇一年のやわらかさやニュアンスも楽しめた来日公演とは異なり、大音量でビートで押しまくる、パンクロックさながらのロックンロール・ミュージックだった。最大音量まで高まっていくプレイに聴衆は興奮し、場内は歓声とどよめきでうねった。その中でディランは何度もケモノのような〈howl〉をしたが、それは「人間じゃない」ような声であり、ステージで〈動物になる〉のを戸惑いとともに受け入れさせられる経験である。（戸惑いは聴いている最中にどうでもよくなっていく。）他の人はどうか判らないが、わたしにはこうした距離・違和感の経験、もっと精密に言えば距離が開かれては縮んでゆく経験、どうしても一体化できない他者の波動を全身に浴びるプロセスが、ディランのライヴの体験である。特異な個人、ヘンな人もまた、というよりそういう人こそが、〈声を発する〉ことができ、聴かれるに値する。それはおそらく民主主義の最も大切なレッスンに違いない。個人の自我意識の助長としてなどではなく、ストレンジャー（マイナーな者）に耳を傾ける社会の態度という意味で。

六〇年代の定番ナンバーが唄われ始めた瞬間に大声を発してのりまくる聴衆には、つい違和感を覚えてしまう。かつての曲をやっていると確認すること自体に意味はない。今度のツアーのアンコールで毎晩演奏していた「ライク・ア・ローリング・ストーン」は、もちろん「懐メロ」では百パーセントなく、メロディ・ライン自体が存在せず、混沌すれすれの、これ以上いくと〈音楽〉でなくなるという限界線上で、つまりカオスとフォームの臨界で演奏されているように感じられた。今回のツアーに限って言えば、それは「上手い演奏」という概念を否定する強くて若い音である。これまでの自分の演奏を壊し、一からそのつど作りだす、それは破壊と創造とが分かち難い行為であり、そういうのを〈ロック〉というのだ、と言えば、「ディランがロック」（みうらじゅん氏）の内実になる。ステージでは、得体の知れない（わけの判らない）音楽にのりにのっているディランが、確信を持って唄い、キーボードをたたき、ハーモニカを吹きまくる。その場で彼だけが現在の自分の音楽を完全に信じて、自分を徹底的に見えるがまま、聴かれるがままに曝《さら》している。二十四日のライヴではたまたまディランの表情、唇の動きまでよく見える場所に立つことができたが、最後に "like a rolling stone!" と唄い終えた瞬間、ディランがにやっと笑ったのが見えた。混沌の中でニヤリと笑う人間――それは六〇年代からずっと続く、ディランのシンボリックな仕草である。それは「ブルーにこんがらがって」いる人たち（だがこんがらがることのない人がいるだろうか？）に、励ましとして働き続ける。

「ツアーを嫌がる人は多い。でもぼくにはそれは呼吸みたいに自然なことだ。それをやるのはそう駆り立てられるからだし、ツアーは好きでも嫌いでもある。ステージでは苦しくなるけど、同時にそこは自分がhappyになれる唯一の場所なんだ。ステージの上は人がなりたい者になれる唯一の場所だ。日常生活では君はなりたい存在になれない。君が誰であっても、いずれ日常生活では失望するだろう。でも存在するすべてに対する万能薬はステージに上がることだ。だからパフォーマーはそうするんだ」と一九九七年のインタビューでボブ・ディランは言う（*The Essential Interview* 392-93）。「終わらないツアー」には泊まるべき点＝ステーションはなく、プロセスのみ、〈オン・ザ・ロード〉のみがあって、そこでボブ・ディランは「なりたい者」つまり〈ボブ・ディラン〉になる。パフォームするとは『幸福論』の寺山修司的に言えば、「現実世界と想像力世界とのあいだの境界線をとりのぞく」ための「変装」の「演技」だとも言える（72）。それは六〇年代的な想像力による現実の転覆などではないが、「偶然を媒介として理性の根源へ挑んでゆく「知ろうとはしない」ですむ生き方」（192）のモデルではあるだろう。それが高速度で溶解状態のままに浮上するのを見る、同時にそれが一個の肉体をもった一人の個によって担われるのを見る、そういう二重の経験を（またも、そしてはじめて）するのがディランのライヴである。そのあとはシェパードが言うとおり、「それをつかって自分の冒険をする」ことだ。

○引用文献

サム・シェパード、『ローリング・サンダー航海日誌』（諏訪優・菅野彰子訳、河出文庫、一九九三）。（Sam Shepard, *The Rolling Thunder Logbook*. Da Capo Press, 2004）
ベルナール・スティグレール、『現勢化――哲学という使命』（ガブリエル・メランベルジェ・メランベルジェ眞紀訳、新評論、二〇〇七）。
寺山修司、『幸福論――裏町人生版――』（角川文庫、一九七三）。

Howard Sounes, *Down the Highway: The Life of Bob Dylan*. Grove Press, 2001.
Bob Dylan: The Essential Interview, edited by Jonathan Cott. Wenner Books, 2006.
Studio A: The Bob Dylan Reader, edited by Benjamin Hedin. W. W. Norton & Company, 2004.
Younger Than That Now: The Collected Interviews with Bob Dylan. Thunder's Mouth Press, 2004.

（初出：『現代思想　総特集　ボブ・ディラン』　二〇一〇年五月臨時増刊号。
青土社、二〇一〇年四月）

ルー・リード――落ちゆく者の落ちなさ

ルー・リードは自らを詩人だと考えていた。自分の言葉によって聴く者に何かを感じさせ、考えさせることを願っていた。わたしはこれから、彼の歌詞を詩として、とりあえず、或いは意図して音楽なしで、言葉の姿だけに着目して論じてみようと思う。そんな文章が日本に一つくらいあってもいいだろう。彼は喜んでくれるだろうか？

二〇〇〇年にリードは歌詞を活字化した全詩集『火の中を通れ（*Pass Thru Fire: The Collected Lyrics*）』を出し、その序文の中でこう言っている。

愛と超越への欲望がこれらの歌の中を駆けめぐっている。……これらの歌の登場人物たちはいつも何かに向かって動いている。そこには葛藤があり、彼らはそれに対処しようとする。……あの女優たちが関わるのは彼女たちが演技しているからだ。「鐘（The Bells）」を見たい、超越と自由の宣言を聞きたいという欲望を、彼女らはわかっている。それこそここに収められた歌詞が問題にするものだ。（XXI）

この言葉を導きにして、まず「鐘（The Bells）」を読んでみよう。この歌詞は「それで女優たちは彼と気が合った」という物語の途中のような言葉から始まる。「その俳優は遅くに部屋に戻る／芝居がみんなはねて／観客がみんなあたりに散って／街灯と通りの中へ消えたあとで」と、一人の男優その「ショー」とは何か、次を読むことで判ってくる。あのショーのチケットはとれなかったと語られるのだけれど、そ（「彼」）が夜の世界に戻っていく。

ああ、ブロードウェイだけが知っている
あの白銀の天の川を
それだけが語り得ただろう
彼が膝から倒れ落ちたときのことを
空中に飛翔したあとのことを
そこに彼を浮かばせておくものは何もなかったけど
ほんとうに頭のいいことじゃない
パラシュートなしに演じるのは
出っ張りの先に立ちながら
下を見渡して彼は小川を見たと思ったんだ――

それで彼は叫んだ、「ほら！　ベルがあるよ！」
それで彼は歌った、「ほらベルが行くよ！」
「ほらベルが行くよ！」

「ほらベルが行くよ！」

そしてベルが来る

ここではブロードウェイの男優が、建物の屋上からなのだろうか、飛び降りた出来事が「ショー」として語られていることになる。しかしそれは、「空中に飛翔したあとのこと」という箇所まで来て初めて判ってくる。その前の「彼が膝から倒れ落ちたときのことを」は、たとえば祈りのためのように跪《ひざまず》いたのではなく、空中から地面に落ちたということだった。そのあと飛び降りる直前の男の様子が描かれて、"Here come the bells!" という、この男が最期に "sang out" したという言葉が三回繰り返される。この詩の急所は最後の一行にあり、それまで "Here come the bells" と主語の "bells" の複数形に応じた動詞 "come" が使われていたのに対して、最後の行では "Here comes the bells" に変わっているのだ。

And he hollered, "Look! There are the bells!"
And he sang out, "Here come the bells!"
"Here come the bells!"
"Here come the bells!"

Here comes the bells

最後の行は男の台詞《せりふ》ではなく語り手のいわば地の声なのだけれど、詩人はここで単数形を受ける動詞"comes"を使って、"the bells"が複数のベルではなく"bells"と名づけられる何か一つのものであることを主張していることになる。読み手はここで、リードの言う"bells"とは何かを考えるよう促される仕掛けになっている。この"bells"と仮に名づけられているものこそ、先の序文で彼が言っていた「超越（transcendence）」の徴《しるし》だ。とはいえ同時に、これをあえて音楽抜きに詩のテキストとして読めば（そんなのは邪道だよ、と言わないでほしい）、ここで語り手は、パッションに突き動かされた男優とは異なり、冷静に（エクスクラメーション・マークなしに）淡々と"Here comes the bells"と言っているとも見えて、その場合最後のbellsは飛び降りる男の超越とは逆に、ただ淡々と死を告げるだけの弔鐘であるようにも思えてくる。この詩では〈落ちること〉がリードの詩において有する、恍惚と破滅の二重性が垣間《かいま》見えている。

リードはしかし「超越」ではなく「超越への欲望（the desire for transcendence）」と言っていたのだった。そこにはもちろん日常としての現実にフィットできず、現状の自分を厭《いと》う気持ちが裏腹に存在する。このいわば飛び越えることを望む気持ちは、望むような飛翔が不可能である以上、ある種の煉獄《れんごく》のような状態にひとを置くだろう。墜落するのは重力があるからだけれども、重力は生存につきまとう重さのことだとも言える。リードの曲のタイトル「君のエモーションを手放すな（Hang On to Your Emotion）」の表現を借りれば、その中間状態のエモーションにこだわることが彼の詩の大きなポイントなのだ。

『火の中を通れ』の劈頭《へきとう》に置かれている詩は、アルバム『ヴェルヴェット・アンダーグラウンド・アンド・ニコ（*Velvet Underground and Nico*）』の「日曜の朝（Sunday Morning）」だが、それをこの問題を考えながら取り上げてみる。この詩は、「日曜の朝が／夜明けを連れてくる／まつわりつくのはただの落ち着かない気持ち／夜明けがはじまる」と始まる。

日曜の朝
すぐ後ろにあるのはただの無駄にした年月
気をつけてほら世間がすぐ後ろにいるよ
いつでも呼びかける誰かが君のまわりにいる
そんなことなんでもない

「気をつけてほら世間がすぐ後ろにいるよ（Watch out the world's behind you）」という言葉には、"the world"（＝世界・世の中）が自分にとって危険で、怖ろしい場所であることが暗示されている。詩人はその気分をやりすごすために「そんなことなんでもない（It's nothing at all）」と言い聞かせている。しかし「日曜の朝」にはどこかおだやかな静けさのようなものも感じられて、それは第一聯で二度繰り返される“It's just …”（「ただの……」）という言い方のためだ。このとても単純そうな詩の肝にあるのは、実は行またぎの曖昧さである。翻訳ではうまく伝わらないのだけれど、「気をつけて（Watch out）……」から始まる三行を読むとき、真ん中の「いつでも呼びかける誰かが君のまわりにいる（There's always someone around you who will call）」の“call”がどこにつながるのかが、決定できない。

Watch out the world's behind you
There's always someone around you who will call
It's nothing at all

これを音楽として聴いていたときのわたしには、“call”が自動詞のように思えていた。なんとなく“call”のあとに“you”を補って「きみを呼ぶ誰かがいつもいる」というふうに取っていたのだが、すわりが悪いことも確かだ。“call”という動詞からすれば、“call”している目的語に当たるのが前の行の“Watch out the world's behind you”であると見るのも自然で、その場合、「世間がいつもうしろにいるよと君に呼びかける者がいつだっている」という意味になり、“watch out”という呼びかけはちょっと意地悪な声というか、自分に向かって世界の怖ろしさを警告しつつもそれに意識を向かわせようとしているものになる。だとすればこの「誰か」は嫌なやつにも見えてきて、そうすると「そんなことなんでもない」というのが自分で自分に言い聞かせる言葉になる。他方で"call"はすぐあとの"It's nothing at all"にかかるという読み方もできて、その場合この「誰か」は自分にとってそんなことは気にしなくていいよと言ってくれる存在だということになる。わたしはいまは、"call"の内容は前の行のことだという解釈に誘われているのだけれど、三つの読みはそれでも併存していると思う。こうした解釈の揺れ動きがリードの真骨頂であると、言いたい気がするのだ。この歌詞は

日曜の朝
わたしは落ちていく
いまの気持ちは知りたいとは思わないもの
夜明けがはじまる
日曜の朝
それは君が少し前に横切った街路というだけ

と続き、「気をつけて」の三行のリフレインのあと、「日曜の朝」と言って終わる。「わたしは落ちていく(And I'm falling)」が示すとおり、これは気分が落ちそうになっている人の歌、「落ちてゆく」歌だ。落ちつつあるひとの気分だけれど、怖さの感じを背後に響かせながらも、束の間の静かな日曜の朝を

愉しんでいるようにも感じられる。プラスとマイナスのあわいで、いつでもどちらにも振れることができる。

たとえば『ヴェルヴェット・アンダーグラウンド・ローデッド（*The Velvet Underground Loaded*）』に含まれる曲「おおすばらしい無一文（Oh! Sweet Nothing）」の場合、前半と後半にリフレインされる"Oh sweet nothing"という言葉によって、それまでの「何も持っていない」というネガティヴに見える事柄が転換されて、むしろそういう状態こそが望まれているというか、何も持たない底辺の人間たちの一種の歓びのようなものが提示されて、価値は逆転するかのように見える。"nothing"がネガティヴともポジティヴとも、同時に受けとれる揺れ動きが、とても重要なのだ。

わたしはこうしたネガとポジの間の揺れを「落ちゆく者の落ちなさ」と呼びたい気がする。アルバム『トランスフォーマー（*Transformer*）』に収められた「パーフェクトな日（Perfect Day）」では、それがとても巧みに表されている。

ただのパーフェクトな一日
公園でサングリアを飲み
そのあと暗くなってきたら
一緒に家に帰る

ただのパーフェクトな一日
動物園で生き物に餌やりをして
そのあと映画も観る
そして家に帰る

この最初の二聯は、英語で読むと、動詞は現在形になっている。

Just a perfect day
Drink sangria in the park
And then later when it gets dark
We go home

Just a perfect day
Feed animals in the zoo
Then later a movie too
And then home

パーフェクトなその一日は、いつのことだったのだろう。それが「ああ、あんなにパーフェクトな一日／あなたと一緒に過ごせたのがうれしい／ああとてもパーフェクトな一日／わたしがいま持ちこたえられるのはあなたのおかげ」と続いて、初めて過去の出来事だったらしいことが判明する。

ただのパーフェクトな一日、問題は置き去りにして
ふたりだけの週末旅行、なんてたのしい
ただのパーフェクトな一日、あなたはわたしに自分を忘れさせてくれた
自分が誰か別のひと、誰かいいひとだと思えた

いまあなたはあなたが蒔いたものを刈りとろうとする

最後の行、「いまあなたはあなたが蒔いたものを刈りとろうとする（You're going to reap just what you sow）」を読むと、この詩の主人公は愛する人から去られようとしている状態にあることが仄めかされている。失われて戻らないようになって、初めて、なんでもない楽しい一日が"perfect day"だったことを実感する。「あなたと一緒に過ごせたのがうれしい（I'm glad I spent it with you）」で初めて過去形が現れるのだけれど、この時点でも楽しかった一日がいつあったのか、たとえば今日一日が楽しかったということかもしれない可能性を孕んでいる。「なんてたのしい（it's such fun）」も、おそらく

それは“it was”なのだろうが、現在形“it is”であるかのように読めて、次に移って、どうやらそれが終わってしまった過去であるかのように感じられてくる。過去の出来事をいま現在想い出している、そのときそれは過去ではなくて現在になる。最後の行はいわば種明かしというか、この詩の説明になっていて、ない方がいいとも思えるけれど、この一行がなければ、「パーフェクトな日」は一体いつあったのか、曖昧なままだろう。

　曖昧であることはこの場合決して悪しきことではなくて、むしろ詩の〈汎用性〉という意味では歓迎していいことだと思える。リードはデビューしてから七〇年代前半までは、ゲイを主題化したアーティストとして知られるけれど、この詩の主人公がゲイであってもなくても、実はどちらでもオーケーだ。たとえば、ここでの「あなた」は死者であると受けとめることもできて、その場合、愛する者がいまは死んでいて、でもそのひととの想い出をずっと愛《いつく》しんでいる現在があることになる。そしてこの詩は、現在の自分の状態を（ほんの束の間）忘れさせてくれる幸福、いまとは別な自分にひとときの間はなることができる幸福を歌い、それが壊れやすくあやういものであることを示しているという点で、〈落ちる者の落ちなさ〉の詩だと言っていいと思う。現在形の動詞で示される宙吊りの多義性。「わたしがいま持ちこたえられるのはあなたのおかげ（You just keep me hangin' on）」というときの、記憶にhang onして落ちずにとどまること。本来の自分を厭《いと》いそこから逃げたい想い。詩を読んでいるひとときの時間には、わたしたちは薄皮一枚の上で幸せであり、この記憶の時間はアンバランスなりにバランスを保っている。

意味の揺れによる詩の〈汎用性〉——ヴェルヴェット・アンダーグラウンドの三枚目のアルバムの一曲目「キャンディは言う（Candy Says）」のモデルはいわゆる「おかま」というか、女性になる男性であるようだけれど、この詩もそうした状況には限定されない。「あたしは自分の体が嫌いになったとキャンディは言う」と始まる詩は、いまの自分が嫌で、別の者になりたいと願っている。「体がこの世で必要とするもの全部が嫌い／完全にあたしは知りたいのとキャンディは言う／ほかの人たちがあんなに慎重に話していることを」次々にキャンディが言うことを語り手は列挙してゆく。「あたしは静かな場所が嫌いとキャンディは言う／だってこれから起こることのかすかな気配を引き起こすから／あたしは大きな決断が嫌いとキャンディは言う／だって頭の中でかぎりなく変更しなくちゃいけなくなるから」。終わりに向かって、詩人はキャンディの願いを綴っていく。

あたしがこれから見るのは青い鳥たちの飛ぶところ
あたしの肩ごしを
あたしがこれから見るのは鳥たちがあたしを越えてゆくところ
たぶんあたしが歳をとったときに
あたしは何を見ると思う?
もしあたしがあたしから歩き去ることができたら

肩ごしを飛ぶ「青い鳥たち（blue birds）」が「超越」の象徴なのだけれど、ここでもそれはあくまで「超越への欲望」であり、主人公がこの超越に成功した保証は詩の中には見当たらない。最後の二行「あたしは何を見ると思う？／もしあたしがあたしから歩き去ることができたら（What do you think I'd see / If I could walk away from me）」をどう解釈するかは、読み手に委ねられている。自分が自分から離れて歩き去っていくこととは、もちろん性転換なり女装なりという、別のジェンダーを纏《まと》うこととしても受けとれるけれど、たとえばこの人がストレートである場合、というより読み手（聴き手）がストレートである場合、この最後の二行は、最悪の場合には現在の肉体を厭い、それを否定したいという意味で、自傷行為なり自殺なりを仄めかしていると、読めないこともないのだ。「たぶんあたしが歳をとったときに（Maybe when I'm older）」とあるから、死なないで生きているだろうと考えてしまえるかと言えば、自分がいまより“older”になるまで生きているかどうか見当がつかなくても、あり得ない仮定として「もしもそんなことがあるならば」と仮そめに想ってみているという解釈も成り立つだろう。別の自分・別の体になりたいというのは、いまの自分・いまの体では自分が落ちていくからであり、たとえば過食症や拒食症のひと、激しいいじめに遭っているひと、引き籠もりのひと、或いは心ならずもホームレスになったひとなど、さまざまに当てはまって、そうしたすべての人びとを代弁するのがこの詩だと言える。この詩では「もしあたしがあたしから歩き去ることができたら（If I could walk away from me）」の表現が多義性を持っていることになるわけだけれど、ここの仮定法を重視するなら、結局それは実現不可能な夢でしかないという風にも考えられるかもしれない。別の自分になることは楽しみな、たのしい気分なのか、もう死の可能性をも自覚している苦しい気分なのか、飛んでいるのか落ちているのか判らないところが、リードの詩の力だ。

この曲のように「誰それが言う」という表現はリードが多用するものだった。ヴィクター・ボックリス（Victor Bockris）の伝記『トランスフォーマー　ルー・リード伝完全版（*Transformer: The Complete Lou Reed Story*）』によれば、リード自身はかつて「歌を書くことは芝居を作ることに似ていて、自分に主役の役割を与えるんだ、……ぼくは誰か他人の目を通して書いている。……そのときぼくは彼らになる。だから、それをしていないときは自分がまるで空っぽに感じられる。ぼくは自分自身のものと言えるようなパーソナリティを持ってはいないんだ」（214）と言っていたという。自分の現状と直面してそれを固定するのを嫌い、自己を空っぽにして、詩を書く間自分が別人になっていくことを望んでいた、と言えるかもしれない。アルバム『ベルリン（*Berlin*）』はリードとしては初めてのトータルなコンセプト・アルバムだが、そこではすべての曲があたかも一つながりのミュージカルやオペラであるかのように書かれている。破滅的な運命を辿るヒロイン、キャロラインを描く「キャロラインは言うⅡ（Caroline Says II）」に目を移そう。

床から立ち上がりながら、キャロラインは言う
なぜあんたはあたしをぶつの、そんなのたのしくない

アイメイクをしながら、キャロラインは言う
あんたは自分のことをもっと知るべきよ、あたしよりよく考えて

これ以上なく凝縮された表現の中で、おそらくはドメスティック・バイオレンスの被害者になっているらしいキャロラインの姿が浮かび上がる。語り手は言う。「でも彼女は死ぬのがこわくない／友だちはみんな彼女をアラスカと呼ぶ／彼女がスピードをやるとき彼らは笑って訊く／あんたは何を考えているの」——語り手は「彼女は何を考えているのだろう」と繰り返す。最後までを見よう。

床から立ち上がりながら、キャロラインは言う
好きなだけぶてばいい、でももうあんたのことは好きじゃない
唇を噛みながら、キャロラインは言う
人生はこんなものじゃないこれはいやなトリップなんだ

彼女は窓ガラスを拳で割った
それはとっても笑える気分

アラスカは、とてもさむい

最小限に切り詰められた言葉によって、男に暴力を振るわれ半ば自暴自棄になった女性の姿、というより、そのひとの内面の「寒さ」を、推しはかろうとして推しはかり切れない感覚が提示されている。語り手はキャロラインの外側から内側へ、内側から外側へと閾《しきい》を往き来するように、ひとりの人間のリアルな実存を提示している。リードの伝記『その男を待っている ルー・リードの人生と音楽（*Waiting for the Man: The Life & Music of Lou Reed*）』においてジェレミー・リード（Jeremy Reed）は、「省略を通じてゆるく物語るという、ポップソングの歌詞に求められる、シナプスが切れたようなあらゆる状態は、その形式をとても刺激的なほど想像力を喚起するものにする。しかしそれは、省略よりは包含によって形をなす poetry とは異なるアートである」（198）と言っているが、こうしたコメントはたとえばこの詩によく当てはまる。要になるラインは最後の「アラスカは、とてもさむい（It's so cold in Alaska）」だが、それを導くのは「友だちはみんな彼女をアラスカと呼ぶ（All of her friends call her Alaska）」で、ここに更に次の行末の“ask her”が音韻を意識して重ねられている。アラスカは寒いところだというありきたりで普通の言葉が、ぞっとするような人間の内面に測鉛を下ろす表現になっているところがリードの特質だ。最後から三行目からの二行「彼女は窓ガラスを拳で割った／それはとっても笑える気分（She put her fist through the window pane / It was a funny feeling）」において、ここでも本当は「そんなのたのしくない（It isn't fun）」ようなことが、「とっても笑える気分」と言われていて、この詩ではなぜそう言われるかのいわば理由として、三聯目の最後の行の「これはいやなトリップなんだ（this is a bum trip）」がある。自分の直面しなければならない現実が“bum trip”だとしか思えない、ないしはそれを“bum trip”だと思い見なそうとする、そうするしか生きられない、そのような痛みが、背後に感じられる。

こうして見てきたリードの詩作には、落ちてゆく人間の主観から見た、壊れへと進むヴェクトルと、それをいっときの間、詩によって或る平衡状態に留《とど》め、その落ちなさをそれ自体として、それ自体のクォリティとして肯定しようとするヴェクトルが、両方あることがわかる。それは言い換えれば、詩人の中で超越であるとともに破滅であるような〈非知〉（知の向こう側）へ向かうヴェクトルと、それを言葉によって象《かたど》り定着させる〈知〉のヴェクトルだ。この〈知〉と〈非知〉の関係がはっきり出ているのがヴェルヴェット時代の三枚目のアルバムに入っている「ある種の恋では（Some Kinda Love）」だ。この歌詞はマルガリータとトムという一対の男女の対話をなぞって展開していく。

ある種の恋では
とマルガリータがトムに言った
想いと表現の間に一生分の時間がかかる
状況が起こるのも天気しだいで
どんな種類の恋も

あるよりない方がまし

ある種の恋は
とマルガリータがトムに言った
汚いフランス小説みたいに
あり得ないことと下品なことを結びつける
それにある種の恋では
その可能性は無数にあり
その一つを自分が見失ったところで
根拠なんか何もなさそうよ

女性の側の言い分では、「ある種の恋」を願い下げにしたいらしい。トムはこれに反論する。

お前の言うことは聞いたよ
とトムがマルガリータに言った
やっぱりお前は退屈なやつ
でもそれでお前に魅力がないわけじゃない

退屈なやつって真直ぐな線だ
分割することがしあわせに見えるんだ
それである種の恋は
理想に間違えられるんだ

知によって、性行為を中核とする恋愛と距離を置こうとするマルゲリータに対して、トムはそういう知の働かせ方をする者を「退屈なやつ（bore）」と呼びつつ、“bore”にも独得の魅力があると言って、彼女を恋へと、ないしは性行為へと誘《さそ》っていく。「ゼリーをお前の肩にこすりつけろよ／お前がいちばんこわがってることをしよう／お前が後ずさりするようなことを／でもお前の目がうるんでしまうようなことを」

ゼリーを肩にこすりつけるんだよ
カーペットの上でやろう
想いと表現の間でさ
この罪人にキスをしようよ

わたしにはなにがなんだかわからない

お前の赤のパジャマを着て見つけろよ

マルゲリータが「想いと表現の間に一生分の時間がかかる（Between thought and expression lies a lifetime）」と言うのに対して、トムが言う「想いと表現の間でさ／この罪人にキスをしようよ（Between thought and expression / Let us now kiss the culprit）」は、知的な思考の次元を、キスをするという行為によってなし崩しに無効化する。少し飛躍すれば、マルゲリータが“thought”でトムが“expression”を体現しているとも、更に飛躍を進めれば、マルゲリータが言葉＝詩作でトムが音楽＝ロックンロールを体現しているとも言えるかもしれない。「ゼリーをお前の肩にこすりつけろよ（Put jelly on your shoulder）」はとても有名なフレーズだが、マルゲリータが自分の定めた境界線を踏み越えることを示唆している。

しかし「ある種の恋では」が全体として示しているのは、ここでは勝ちそうなトムも負けそうなマルゲリータも対等だということではないだろうか。それは〈非知〉へ向かうことが完全に優位にあったり賞賛されたりしているわけではないという事実を示している。〈知〉と〈非知〉とが共存し合い、双方が同時に働いてそこにあやうい平衡が保たれてこそ、ルー・リードの詩が成立する。この詩で言えば、リード自身が「分割することに豊かさを見る真っ直ぐな線（a straight line / That finds a wealth in division）」でもあるのでなければ、詩は書けないということだろう。

落ちゆく者は、落ちている間は落ち切っていない。その〈間《あいだ》〉がリードの登場人物たちが生きるlifeの時間だ。落ちなさを支えるものとして、言葉にして認識するという行為がはさまっている。それは「一緒に落ちようよ」とも、「落ちずにがんばれ」とも、受け手のときどきの状態に応じて、誘い、語りかけてくる。ルー・リードのすばらしい達成だ。

○引用文献

Bockris, Victor. *Transformer: The Complete Lou Reed Story*. Harper, 2014.

Reed, Jeremy. *Waiting for the Man: The Life and Music of Lou Reed*. Overlook Omnibus, 2015.

Reed, Lou. *Pass Thru Fire: The Collected Lyrics*. Hyperion, 2000.

（日本アメリカ文学会東京支部シンポジウム「ロック詩人——歌詞を詩として読むこころみ」〔二〇一五年十二月十二日〕で読まれた原稿に加筆修正）

真剣な気晴らし——ブコウスキーの死のかわし方

病を得て自らの死の確実性と向き合った詩人として、チャールズ・ブコウスキーを読んでみよう。ブコウスキーは一九九四年に白血病で亡くなったが、一九九二年刊行の生前最後の詩集『地球最後の夜の詩（*The Last Night of the Earth Poems*）』と九六年刊の死後出版『ミューズに賭ける：詩と短編（*Betting on the Muse: Poems & Stories*）』に、迫り来る死を感じつつ書かれた彼の詩が多く入れられている。伝記的な文脈で語りたくなるブコウスキーだけれど、彼の書いた詩の言葉を注視して、死への臨み方、ブコウスキーならではの姿勢の角度のようなものを取り出したい。その作業は、死にゆく自己を笑いながら、世界にファイティング・ポーズをとって、どうあっても勝てない死神と対峙しながら、それをかわすような生き方を見せてくれるだろう。

ブコウスキーは、決して人生について訓戒調の断言をするようなニュアンスを、詩に帯びさせることはない。けれど同時に、人が生きることそのものに肉迫し、生とは何かを追求したいという切望によって詩を書いていた。ブコウスキーにとって、詩を書くこと自体が生きることの目的だっただけでなく、書かれる内容（メッセージ）において、〈生〉の裸の在りようが、いつでも狙われていたと思う。またそれは詩の言葉の状態（詩形）に深く関わっていて、たとえば不定冠詞と名詞の間で行をまたがせたり、センテンスの最後の単語だけを一行別にしたり、いかにも投げ出す悪態のように疑問形を重ねて詩が終わったりするブコウスキーの詩の書き方は、過激ともラジカルとも言えて、それが詩の在り方だけでなく、書かれつつある〈生〉の形にも見えてくる。

ちなみに北村太郎は、『ぼくの現代詩入門』の冒頭に置かれた詩において、「若い読者に」宛てて詩の書き方を語りながら、「四番目、これが決め手か／つねに新鮮な罵詈雑言《ばりぞうごん》をくふうしたまえ／それでこそ初めて見えてくる／詩の／口」（183）と言っている。北村自身の「罵詈雑言」はひねりがあって、成熟した精神の照れを交えたやや控え目なものだが、ブコウスキーはほぼ遠慮なく随所で彼の嫌悪する人間たちに向けて「罵詈雑言」を浴びせかけている。それは言い換えれば、生き生きした瑞々《みずみず》しい口語表現（「詩の口」）が身上である詩を書いたということだ。「べらんめえ調」とでも言いたいブコウスキーの詩の言葉は、垂直に屹立することなく、いつの間にか読者の主観性に浸透してくるような、水平に動く言葉になっている。その過激な志向は、人間社会および人間性をトータルに相対化して見切ってしまう、哲学的・思想的な透徹した見通しを、西洋的な深い教養によって我が物にしていたところから生まれたものだった。安易に時流に流されないことは言うまでもないけれど、容易にロマンチックな理想や希望を抱かない程度にまで、彼自身の生の体験が、身の内に一種の絶望の楔《くさび》を打ち込んでいたとも言える。

ブコウスキーにとって、生を測る基準は哲学者にあった。「考えてみろ（think of it）」の冒頭はこう始まる。

考えてみろ、世の中には

キルケゴールやサルトルのような奴らがいて
生存の本質は
不条理だと知り
闘いを挑んだのだ
不安と苦悩に
無というものに
吐き気に
頭上からぶら下がる
ダモクレスの剣みたいな
死に対して
他方でそうじゃない奴らが
そこいらにいて
気がかりなんかまるでなく
一日の
最初に彼らが思うのは
今日はいつランチを食うかだ

この詩は

車の修理工が向こうから
歩いてくる
死んだ
目をして。（*Betting*, 186-87）

の四行で終わるが、ここでは常に死の可能性をダモクレスの剣のように目の前に置き続けたキルケゴールやサルトルを基準として、対比される「死んだ／目」をした修理工は、人生について考えることなくのんべんだらりと日々を生きる周囲の人間たちを体現している。つまりブコウスキーも先人たちのように「無というもの（nothingness）」と闘って詩を書いていることになるが、彼らが見続けた「無」から照射されることで、眼前の現実、人間社会のありようは否応なく相対化される。そこはまともな者は決して勝者にならない愚劣なゲームの世界だ。詩「勝ち目ゼロ（no win）」では、

空っぽな顔と
ありふれた体が
美人コンテストで勝利するような

場所に生きること。
ひとりでいることが
誰かといるよりいつだって
ずっとましな
場所に生きること。
自分の指の爪
の方が群衆よりも
ずっとリアルな
場所に生きること、
七を出してもまったく
壺には
なんにも入ってない
それがこの
人生さ。(*Betting*, 197)

と言われる。二つのサイコロを振るゲーム、クラップスで七を出して勝つことはサイコロ自体がないので不可能なのだ。そこではブコウスキーは「人類を避ける」。同名タイトルの詩("avoiding humanity")において

これまで一人も愉快でこれはっ
ていうおもしろい奴に偶然にでも会ったことがない、まあ
期待もしてないが。(*Betting*, 241)

と言うけれど、出会う相手一般を「人類(humanity)」と名づけるところに、彼の「哲学者」的な見切り方が垣間《かいま》見えている。それでブコウスキーの詩は生き生きとした悪態・罵詈雑言に満ちることになる。

サイコロ投げの比喩によく顕れているように、ブコウスキーにとって生きることは運に任せて賭けることを意味した。「現在に賭ける(betting on now)」では病身で競馬場に出かける自身の姿が語られる。中盤からを引用してみる。

髪の毛を失くしたのは化学
療法のせいだがいまはゆっくり
生えてきていてでも足の方は麻痺が残り
おかげで必死に集中して

バランスをとるわけだ。
年老いてよれよれ、年よれた
物体だ、
まだ俺はついてる
馬にはね。
衆目のいたすところ俺には
あと何シーズンか残されてる
まだ。（*Betting*, 396）

他人から見れば深刻な状態にある自己の様子を、「年老いてよれよれ、年よれた／物体（"old and battered, olden / matter"）」と韻を踏んで語る箇所には、自分を笑うユーモアが潜んでいる。まだ競馬に賭けて勝てる幸運は残っていると、自己の不運を幸運と見なすことが、この詩人の生の形だ。「ただの一人のセルヴァンテス（only one Cervantes）」においては次のように言われる。

俺は受け入れねば、この
創作スランプを。
くそっ俺は生きてるだけでラッキーだ、

ラッキーだ癌に
罹《かか》ってない。
百ものいろんな
意味でラッキーだ。
夜中にときどき
ベッドで
午前一時か二時に
俺は考えるぞ
俺がいかにラッキーか
それが俺を
目覚めたままにするだろう。（*Last Night*, 193）

これもまた悪態の一変形だけれども、夜中に自分の幸運の形について考えることで目覚めているというのは、不安や恐怖との闘いの姿だとも言えて、ここでは運と不運とは常に流動格闘している。賭けはブコウスキーにとっての必死の遊び、気晴らしである。

しかしそれは負け惜しみの姿勢ではなく、猶予期間としての残りの生は、しばしば余裕を含む肯定の対象でもあった。詩「パストラル（pastoral）」の冒頭から、途中少し省略しつつ最後までを引こう。

ピアノと
トランペットが
混じり合っているのを
ラジオで聴いている、
生存の明確な
目的は未決なまま
とどまって。
六匹の猫はみんな眠っている
いま、
午前十二時三十分、

……

レース場はきょうは
閉まっていた
それで俺は迷子の

デブの
バタフライだった。
ほとんどの日々が
どこにもたどり着かない
が苦痛と
分解の
緩和は
最高だ。
それらはやって来る
もうすぐに、
肥沃に、
充電満タンで、
断固として、
とこしえに。

……

俺は待っている
戦争を。
何世紀もの時が
俺を鍛えた
しっかりと。

また椅子に凭れて
ほほえむ
自分に向かって、
自分のために、
すべてのために、
無のために。
これこそ絶対に
最高だ。
これこそ
これ以上
なりようがないほど

最高だ。(*Betting*, 337-38)

生存に明確な目的は存在しない。しかし彼は「無」に対して微笑むことができる。やがてやって来る「戦争」のような「苦痛」と「分解」との闘いを待っている状態として、現在の真夜中のいっときをそのままに味わうように詩を書くことが、大きな救済の得られないブコウスキーを、いわば小さく救っている。ピアノとトランペットの混じったラジオの音楽がそのための気晴らし、と言うよりこのひととき全体が気晴らしの時であり、更に言うとこの詩を書く行為が彼の最大の気晴らしなのだった。

強い救済を求めず気晴らしとしての生に留《とど》まり続けるには、詩を書くという営みが必要だった。それは支えの杖のようなものだったろう。ブコウスキーは「魔法の定義 (defining the magic)」において

いい詩とはこれ
死の街路を
抜けて君が歩いて行くのを許すもの、
いい詩は死を溶かすことができる
バターみたいに、
いい詩は苦悩を額縁に入れることができて

　それを壁に掛けられる、（*Betting*, 131）

と言う。「書くこと（writing）」では書く行為について、

君を
すくうものは
ただ
書くことだけ。

……

書くことは死の
あとをつけることができる。
それは降参を
知らない。

そして書くことは

わらう
自らを
苦痛を。（*Betting*, 132-33）

と言われているが、これほど明白な宣言もないだろう。ここでは「あとをつける（stalk）」という単語が重要で、「忍び寄る」「こっそりあとを追う」ということは、言葉を書く行為によっては死を追い越すことができない事実を認めた上で、「自らを笑う」ことで苦悩をやり過ごすように詩作があったということだ。L・Aのスシ屋で感じた「あの稀でよい瞬間」についての同名の詩（"that rare good moment"）において、過去を「生き延びてきた」ことを回想しつつ、彼は書く。

ここにはこの
ふしぎな感覚がある
静けさの。

……

まったくすごい

ふしぎだ
生きてることが
気持ちいいなんて、
特別なことは
なんにもしないで
そしてそのことの
栄光を感じるなんて、（*Betting*, 343）

この詩の最後はこう締め括られる。

grass grows in Greece
and even ducks
sleep.
（ギリシャで草が伸び
カモまで
眠る。*Betting*, 344）

翻訳しても意味がないのだが、最初の行のアリタレーション（頭韻）を筆頭として、この三行の遊びがこの詩全体を軽く踊るように締め括《くく》っている。ここには自嘲はないが、すぐに失われる「稀な瞬間」をフレーミングする気晴らしの成果がある。

ブコウスキーの死への臨み方は直截《ちょくせつ》的でときに対決的だけれど、コミカルで静かでもある。「今夜(this night)」は自宅のバルコニーに座ってボトルのナチュラルウォーターを飲んでいる詩人の姿から始まる。後半から引用する。

すずしい夏の夜。
地獄が近くでそよいで、
手を伸ばす。
俺は椅子にすわってる。
六匹の猫たちは
すぐそばにいる。

水のボトルを取り、
大口で

ごくっと
一飲み。

ものごとはこれから
いまよりも
もっと悪くなるだろう。
そしてもっと
よくなるだろう。

俺は待つ。（I wait.）（*Betting*, 394-95）

最後の一行を伝えるためにこの詩はあり、晩年のブコウスキーの、待つというより「待っている」姿勢が浮かび上がる。「告白（confession）」冒頭では

死を待っている
それは猫のように
跳び乗ってくるだろう

ベッドに（*Last Night*, 138）

とより直截に語られ、「さあそれでいま?（so now?）」では

俺は生きるのを待っている、
死ぬのを待っている。

……

宣言するものは何もない、
ただ待つことだけ。
誰もがひとりでそれに向き合う。（*Betting*, 402）

と語られている。死を前にしたブコウスキーの自己イメージは、妻と猫たちの傍らにいて静かに待っている姿として象《かたど》られている。やはり「俺はベッドにすわってあらゆる物事が／ともかくどちらかに／進むのを待っている。」という表現を含む詩「病気（ill）」では、病の床に臥せて

俺は死の収容所の収容者のように見える。
俺は
それだ。

と自らを形容するブコウスキーがいる。取り付く島のない苛烈な自己認識だけれど、ここにも自嘲ぎみの笑いが響いている。冒頭の第一聯

病気がひどくてひどく弱ってるってのはひどく奇妙な
状態だよ。
寝室からトイレへ行って戻って来るのに
自分の持てる全力を揮わねばならないなんてまるで
ジョークみたいだが
君は笑うことができない。

を文字通りにとれば、「笑えない」となるけれども、この表現を書くことが、「笑う」ことでもあるのだ。続けて

ベッドに戻って君がまた死について考えて見出すことは
同じこと、即ちそれに近づけば近づくほど
それはいよいよ怖く
見えなくなる。

と言い、食べ物を採るように言い張る妻に

poor dear.

と一行を一連にして呟くブコウスキーには、落ち着いて妻を気遣う気持ちの余裕がある（*Last Night*, 190-91）。詩は死を追い越すことができないが、死に忍び寄ることはできる。眠ることのできない夜を描いた「暗がりで（darkling）」には、傍らで眠る妻を見て、括弧に括りながら

（死神よ、お願いだから俺を先に連れていけ、
この女性には心の平和のための
やさしい場所が必要だ
俺抜きの。）

という箇所がある。この死神（死）との戯れの会話の挿入が、ブコウスキーの真剣な遊びだ。

死の想念はそこに
はっきりある
この板すだれの外に

しかしこの詩は、詩人の眠りとともに

板すだれは俺たちみなを
閉じ込めてゆく。（*Last Night*, 240-41）

と終わる。それは詩の上の、小さな死の予行演習だった。

死の瞬間、末期《まつご》の時までは〈待っている〉猶予の状態が続く。それをブコウスキーは、漂いのイメージで語る。詩「バーの腰掛け（barstool）」は、「俺はゲームから降りつつある」と思う詩人がバーで零《こぼ》れたビールの溜りに墜ちた蠅を見つめている場面を描いているが、そこでの彼の思考はこんなふうに働いてゆく。

俺は知ってる
何を
知るべきなのかすべて
あの時に知っていたと、
いまここにひとりですわり、
周りには誰もいず、
俺はいまだに固定されている
このただよう
完璧な
様相の中に（*Betting*, 284）

「いまだに」と言われるからには、その状態は必ずしも好ましいものではないだろう。しかし「ただよう様相」が「完璧な」と形容されるとき、この中間に浮遊するありようは、ブコウスキーの自己肯定の言葉になる。「最初の息に吹き離されて（blasted apart with the first breath）」では、詩人は「生はかなしい歌だ」と言い、「子宮から／出てくると／捉えられる／光と／影に」と人生を否定的に語ったあと、こう言う。

物言わぬ苦痛の
温暖なゾーンにひとり居て
いま
　日々を使い果たしていると
　そこの手すりがきらめくのだ
　早い朝の陽を受けて。　(*Last Night*, 149-50)

終わりの三行から遡って読むと、「物言わぬ苦痛」の「温暖なゾーン」は決して忌避すべきものとは思われない。早朝の光に照らされた手すりが輝く様相は、「ただよう完璧な様相」の姿そのものだと読めてくるからだ。「創造的行為（the creative act）」と題された詩の最後では、「死神夫人の目の前で／ダンスするこの人生」「創造的行為」(*Last Night*, 204) が「創造的行為」として顕揚されているのだけれど、この言い回し自体が言葉による死のかわし方の顕れになっていて、それは晩年の荒唐無稽な小説『パルプ』(*Pulp*) をすぐに想起させる。死と闘って勝てるわけはないので、死ぬまで死をかわすしかないが、お道化ながら死と戯れて書くことそのものが、ブコウスキーの「温暖なゾーン」への留まり方だったと考えていい。

ブコウスキーの自己は自我と呼ぶのがふさわしい強さを持っている。「さあそれでいま？（so now?)」は短い詩だが、最後の連は「おお、俺はかつて若かった、／おお、俺はかつて信じられないくらい／若かった！」（*Betting*, 402）という詠嘆で終わる。これは自分の現在の弱さの表明なのだけれど、同時に「信じられないくらい／若かった」状態を本来の自己のように感じている点で、人は強くなければならないという価値観の表明にもなっている。わたし自身はそういう強がりのファイティング・ポーズに対して、ちょっと辟易するところがあり、晩年の衰えゆく時期のブコウスキーにこそ、何かたいせつなものがあるような気がしている。というより、弱って苦しいからこそそのポーズが必要なのだと考えてあげるのが、ブコウスキーに寄り添うことだとも思う。

ブコウスキーの詩「人間嫌い（the misanthrope)」は、愚かしい「ひとびと」を、憎むのではないにせよ、彼らから離れてひとりでいたいという望みを語っている。

いつもたったひとりのときだ
自分が一番気持ちが
いいときは。

それが俺のノーマルな
やり方、
そのとき俺はゆったりし
ただよう、
そんなとき存在する光は
どんなものでも
俺の中に
入って来る。(*Betting*, 322-23)

そう言うブコウスキーは、すぐあとで自分の中に光が入って来る一例として「死神夫人との／心の会話」を挙げている。別の詩「人類を避ける」でも

なぜ彼らは会いたがる？
俺に
俺は会いたくない
彼らには。
それがわからない

というのか？

世界でただ一人俺だけなのか？
ひとりでいることが
祝福であり
奇蹟だと思うのは？（*Betting*, 242）

と言うように、ブコウスキーにはひとりの自己とそれに敵対的に接してくる人間社会（世界）という対立の構図が常に存在する。その場合、世界は尊敬できない多数の人間たちの、愚かな世間と見なされている。

孤独な闘いの姿勢は、死を前にして、「闇への挑戦（a challenge to the dark）」といった宣戦布告のような詩を生んだ。

死が手をあげぬままいかに勝つかは見事だ
生の愚かしい形態にいかに信頼が与えられるかは
見事だ

と述べたあと、彼は

まもなく俺は彼らの戦争に対して自らの戦争を宣言せねばならない
俺は自陣の最後の一かけにまでしがみつかねばならない
俺は俺が作った小さなスペースを守り抜かねばならない
俺に生を許してきた場所を

奴らの人生じゃない俺の人生を
奴らの死じゃない俺の死を

この場所、この時、いま
俺は太陽に誓う
俺はもう一度よき笑いを笑うと
俺の完璧な場所で
永遠に

奴らの死は俺の生じゃない。

と宣言する（*Betting*, 401）。こうしたファイティング・ポーズは、たぶん死を前にしたとき、誰でもが、とは言えないかもしれないけれど、多くのひとが一度は、或いは何度でも執《と》ろうとするポーズなのだと思う。

書き手としてのスランプを取り上げた詩「ただの一人のセルヴァンテス」における「これまでいつだって俺の書き方は／わがままなやり方、つまりは／自分を喜ばせるためだ。」（*Last Night*, 193）という自己の規定は、この「戦争」と裏腹の関係にある。愚劣な人びととの戦いも死との闘いも、自我の強化によって遂行される。その戦士・闘士のような自己のポーズは、敵となる存在の粗雑で圧倒的な力強さに抗するための、相手の強力さに見合うものであり、その意味ではブコウスキーの詩にアメリカ合衆国ならではの現実の抵抗感を如実に感じることもできる。日本社会は個々の成員に対してアメリカほどに殺伐としてパワー一辺倒の迫り方をしないかもしれない。もっと柔弱な湿り気を帯びて、抵抗力を露骨には示さぬままで、成員を締めつける。

ブコウスキーは死を前にして、強かったのだろうか、弱かったのだろうか。たぶんその問いは相対的なもので、どちらとも言えて、意味がないのだろう。ただ、強がらなければきっと自分を笑うことはできないし、自分の運不運から距離をとって、ひとときの静けさに憩うこともできなかったのではないだろうか。窮地に追いやられてもにやりと笑いながら、猫と大切なパートナーを気遣って死んでいく自己像を、ブコウスキーは全力で書いた。『パルプ』のニック・ビレーンのずっこけて軽いカッコよさではないけれど、やっぱりブコウスキーはカッコいいと思う。

※ブコウスキーの詩作品の引用は以下の二冊に拠り、本文中の括弧内でどちらからの引用かを示した。
Charles Bukowski. *The Last Night of the Earth Poems*. (Ecco Edition; HarperCollins Publishers, 2002)
Charles Bukowski. *Betting on the Muse: Poems & Stories*. (Ecco Edition; HarperCollins Publishers, 1996)
北村太郎の『ぼくの現代詩入門』は『北村太郎の仕事3　散文Ⅱ』（思潮社、一九九一年）に拠る。

（「北村太郎とブコウスキーの死のかわし方――〈半〉と〈一〉の過激な気晴らし」
（『比較文学年誌』第五十一号。早稲田大学比較文学研究室、
二〇一五年三月）を元に、削除と加筆を行なった。）

J・Jの詩学——ここからここへ（『パターソン』↓『デッドマン』↓『パターソン』）

『パターソン』はこれまでのジャームッシュのキャリアの中でも飛び抜けてすばらしい映画だ。そこから学びたい、自分もパターソンのように生きたい、と思った。この映画が考えさせることは多いが、その一つとして、ジャームッシュにおいて〈詩〉は生とどう関わるのかということがあり、せめて核心の部分だけでも素描してみたい。

『パターソン』における〈詩〉のありか

『パターソン』は言うまでもなくウィリアムズ・カーロス・ウィリアムズのライフワークであった長篇詩のタイトルであり、その地は彼の生活と詩作の場だった。ジャームッシュの『パターソン』の発想の出発点がまずウィリアムズにあったことは確かだ。主人公パターソンが実際にノートブックに書く詩はロン・パジェットの手になるものだから、この映画は決してウィリアムズだけを特権視しているわけではない。とはいえ、ここではやはり、ウィリアムズのあまりに有名な詩「赤い手押し車」("The Red Wheelbarrow")を入口にしよう。この短詩は二行一聯が四つ、計八行から成る詩で、改行せずに引用すれば、"so much depends / upon / / a red wheel / barrow / / glazed with rain / water / / beside the white / chickens." というワン・センテンスになる。自分なりに訳せば、

一個の赤い
手押し車

艶が雨の
水でついて
その横に白い
鶏たち

すべてがそれに
かかっている

とでもなるだろうか。とりあえず「すべて」と訳した"so much"（こんなにも多くのもの）が何か、読者それぞれが考えるように、詩は設《しつら》えられている。おそらく二行ごとに区切られたスタンザは、それぞれ継起的に詩人の注意を惹きつけた現象の固まりであり、身の周りの何でもない些細な事物をこのようなスペースの配置によって際立たせた点に、一九二〇年代のウィリアムズの創意があった。野暮を承知で言えば、"so much"とは、人が世界を認識する行為を示唆し、〈一群の鶏の傍らで雨に濡れて光っている赤い手押し車にすぎないもの〉こそが、もしその瑞々《みずみず》しさに気づけば、宇宙のすべてでもある、ということだろう。そこで詩人と読者が感じるものがポエジーだ。

日常で出くわす何げない物事にはっとすること、それは初期からずっとジャームッシュの映画が観客に促してきた認識だったと言える。いまとここを〈天国よりももっとストレンジ〉に感じさせること、と言い換えてもいい。映画『パターソン』において長篇詩『パターソン』から引用される唯一の言葉は、主人公パターソンがコインランドリーでラップの詞を作っている黒人男性のリリックを、夜の散歩の途中で偶然聞くシーンに出てくる。"No ideas but in things"（「事物による以外にどんな観念もない」、Book One, I）というラインがそれで、セリフとしてではなく、わざわざ主人公の内心の言葉の音声化として現れる。まさしくそれが、ジャームッシュがウィリアムズから意図して引き継いだプリンシプルだ。けれどもこのスピリットが作中最もはっきりと伝えられるのは実はウィリアムズの言葉によってではなく、同時代の「ニューヨーク派」の詩人ロン・パジェットの詩によってである点を、聴き落としてはならないだろう。最初に主人公パターソンが作る「ラブ・ポエム」もパジェットの詩であり、それはオハイオ・ブルー・ティップのマッチを微細に描写するところから始まって、やがてそのマッチが恋の炎に火をつけるものになり、自分と相手が互いにマッチとシガレットに擬せられて終わる。日常の何でもない事物がひとの心的状況のメタファーになる、そう言えばありきたりだが、「オハイオ・ブルー・ティップ印」のマッチの個別性が、読者を新鮮に世界に触れさせる。

この詩は実はウィリアムズの「事物」の詩風とは似ているようで違っている。「手押し車」において詩がポエジーとして在ったのだとすれば、「ラブ・ポエム」において詩は、ひとの生の一種の連続性、つまりストーリーの一断面に、成立しているからだ。ウィリアムズにもそういう性格の詩はあり、たとえば映画の中で主人公がローラに読んで聞かせる「言っておくよ（This Is Just To Say）」は、医者の仕事でたぶん夜中に帰った詩人が、妻が朝食のために冷やして取っておいたプラムを食べてしまったことを詫びる言葉なのだから、ウィリアムズにもたっぷりストーリーの要素はある。詩風としては、ウィリアムズの方が少しぶっきらぼうで男性的、労働者の人生の断面に寄っているのに対して、パジェットの方が、ウィットがきいてしなやかな感情を自然に浮かび上がらせる。ジャームッシュはウィリアムズよりもパジェットの感覚の方にシンクロしているから、この映画を観たあとで、翻訳で『パターソン』を手に取って読む者は、そこから伝わるムードも世界観も、映画『パターソン』とはまったく異なっていることに気づくだろう。長篇詩『パターソン』には、ニュージャージー州パターソンという土地の、インディアン時代からハミルトンの開発を経た、街の歴史や政治、大きく言えばアメリカ合衆国の矛盾に対する、多層的でジャンル混淆的な視野が存在する。だが映画『パターソン』では実はパターソンという土地は、『ミステリー・トレイン』におけるメンフィスと同様、映画というヴァーチャルな次元にだけ存在する、静かで美的に統一された場所である。ウィリアムズは『パターソン』で「答えはひとつ。ぞんざいに書け（write carelessly）、その結果緑で瑞々しいもの以外は生き残れないように」と言うけれど（Book Three, III）、ウィリアムズの careless で雑多な書法に比べて、ジャームッシュの語り口はいつも careful で、美的にまとまっている。

ポエジーが瞬間を時間の連続性から断ち切り、一瞬の中にすべてとのつながりを浮かび上がらせ、その意味で垂直的な感じがするのに対して、ジャームッシュの〈詩〉は、過去と未来と連続して在る現在を、前後のつながりのあわいに浮かぶ感情として、ちょっと距離を置いて水平に浮き彫りにする。それはストーリーの一シーンの中から生じるものだが、それ自体は決してストーリーではない。そういう詩があるのだ。最後の日本から来た詩人との会話のシーンで、この日本人が繰り返す“Aha!”を想起するなら、あくまでもストーリーに支えられた〈Aha のモメント〉が存在し、それが詩だということになる。ストーリーである以上、必ずそこには終わりがある。まさしく『ブロークン・フラワーズ』の主題歌のタイトル“There is an End”のように、また『ゴースト・ドッグ』の最後で女の子に読まれる『葉隠』の「万事最後が肝要なり」の言葉どおり、ジャームッシュではいつも終わりがある。一見日常の反復のような『パターソン』もまた、周到に考え抜かれた終わり方をする。

だが更に言えば、確かに映画『パターソン』においてぼくたちは主人公の書く詩のテキストを聴きながら読むけれども、同時に最後近く、詩を書き溜《た》めたノートが飼い犬マーヴィンによって粉々にされてしまい、その後慰めようとするローラに主人公が「言葉は消えるものだから」と言って相手を安心させようとするように、実は映画『パターソン』においては、書き残される詩のテキスト自体は最重要とは見なされない。最後に日本から来た詩人が白紙のノートを贈り物にして「ときには白紙のページの方がより可能性を持つものだ」という趣旨のことを告げるように、実はジャームッシュにとって詩は、詩人の死後も生き続ける言語記号の固まりである以上に、なんでもないひとの生が、〈詩になってもおかしくないもの〉として存在することの方を指さしている。だから永瀬正敏の詩人はパターソンのバス・ドライバーという職業を聞いて、ポエティックだ、ウィリアムズが詩にしそうじゃないか、と言うのだ。書かれてしまった形よりも、常に白紙のページに潜在している〈詩になりそうな何か〉、あるいは〈詩になりつつある個人の生の動き〉にこそ、ジャームッシュの詩人としてのまなざしは向けられている。言葉は、よい言葉ならあった方がいいにしても、なくてもそこに詩（として感じとられる生の状態）がある。言い換えると、誰でもが潜在的には詩人なのだ。映画『パターソン』がポエトリーではなくポエットの物語である所以《ゆえん》がそこにある。それゆえぼくたちは主人公パターソンみたいなふうに、詩人になりたいと思い、自分の生活を潜在的な詩として感じ直すチャンスを、自らも潜在的ポエットとしてすくいとるのだ。

『デッドマン』と終わりへ線を引くこと

ジャームッシュの映画にはもう一つ、〈詩人〉の物語がある。それが『デッドマン』で、そこでは詩人ウィリアム・ブレイクと同じ名の主人公が、ブレイクの詩を諳《そら》んじるネイティヴ・アメリカン、ノーバディに導かれ、生から死へ、此岸から彼岸へと移動していく。『デッドマン』における詩人はこの主人公のことで、ノーバディは「銃はお前の舌だ、お前の詩は血で書かれるのだ」と告げる。つまりパターソンとビル・ブレイクはともに詩人なのだが、二人の描く移動の線は、また二つの映画のヴェクトルは、真逆になっているとも言える。『パーマネント・ヴァケーション』で主人公は「物語というものは点と点を結んで、最後に何かが顕れる絵のようなものだ。ぼくという人間がひとつの点から別の点へと移る。いまぼくが語っている物語は、そこからここ、いやここからここへの話だ」と独白していたが、ジャームッシュの紡ぐ物語は多かれ少なかれこの移動の線をしるすものだと言える。この点で『デッドマン』と『パターソン』は違っている。『デッドマン』ではビル・ブレイクの描く線は明らかに「ここ（此岸）からよそ（彼岸）へ」向かっていく不可逆的な線で、人間個人の究極の終わりである死に至るのに対して、『パターソン』の主人公の描く線は、バスと徒歩によって反復されるもので、「ここからここへ」の移動であるからだ。

このヴェクトルの対比はまた、両者で用いられる詩の示す差異でもある。『デッドマン』でノーバディが暗唱するブレイクの詩（「毎朝、毎晩／ある者は甘い歓びに生まれ／ある者は終わらない夜に生まれる」）は「無垢の予兆（Auguries of Innocence）」だが、「世界を一粒の砂の中に／天国を一輪の野生の花の中に見る」で始まるこの有名な詩は、「無限」や「永遠」、「魂」や「神」を語る形而上的かつ宗教的な射程を持っている。もう一つ、白人の殺し屋たちの追跡に対してノーバディが言う「鷲は鴉の学びに服従するような無駄な時間を使わない」という言葉は、詩集『天国と地獄の婚姻』所収の「地獄のことわざ（Proverbs of Hell）」から採られているのだが、「天国」と「地獄」という語が端的に示すように、ブレイクの関心の中心はキリスト教的な世界像にあった。ジャームッシュはブレイクの詩行にネイティヴ・アメリカンの世界観と通ずるものを感じとって、ノーバディがイギリスでブレイクの詩に感動したという設定を作ったわけだが、確かに見えない世界（永遠の相）を幻視するように預言的な詩を書き続けたブレイクの言葉は、表面的にはネイティヴの世界と通じ合っているように見える。ブレイクは〈絶対〉を目指していたから、その詩はビルの旅に合致するものを持っている。

彼の旅はジャームッシュ流の地獄めぐりでもあるだろう。しかしブレイクにとってキリスト教の世界像の枠組みはどうあっても外せないものだったのだから、このジャームッシュの換骨奪胎ぶりは、たとえば『パターソン』でウィリアムズやパジェットの詩を使うやり方からすると、逆目《さかめ》をたてるような使い方なのだった。言い換えれば、そこではブレイクの詩は、あくまでも『デッドマン』という、インディアンによる魂の浄化のイニシエーションの物語を活性化する創意工夫として、異化効果のように使われている。あり得なさそうなものの組み合わせによる、現実の少しの改変は、ジャームッシュのいつもの手法だ。

それでは『デッドマン』の〈詩〉は『パターソン』のそれと違っているのだろうか。この問いは少し入り組んでいる。一九九五年十二月、劇場公開時に東宝が出したパンフレット（Chanter Cine2 No.48）の中で、川口敦子はジャームッシュとの対話から興味深い言葉を記録している。「脚本を書く時、僕は意味を考えすぎないようにしている。考えすぎるとそこにある詩がこぼれ落ちてしまうから。……だから自分の映画について説明したくない。答えを出してしまいたくない。詩のはかなさを大切にしたいんだ。」——ここでは散文の論理によって明確に意味づけられることを拒み、非論理的な思考を尊ぶ方法として、〈詩〉が意識されている。この点では彼のすべての作品が共通している。『デッドマン』の脚本の次元で言えば、冒頭近く、マシーンの町へと向かう列車の中で、機関士の男がブレイクに窓の外を見ろと言ったあと、「船に乗ってる気がしないか？　でも夜になってベッドで天井を見ていると思うんだ。頭の中の水は景色のように動いているが、不思議なことに、動いているのは景色の方で、船はなんで静止しているのかって……」と語る。このセリフは意味を「説明」しないまま、移動しているのは自分か世界か、どちらでもあるような不思議な『デッドマン』の世界の感覚を予示している。「詩のはかなさ」と呼ばれる働き方の一例だ。また、論理によってこぼれ落ちるそれを支えるものとして、映像に伴走（伴奏）する音楽の存在を特筆しておきたい。この点で言えば、ニール・ヤングのギター・プレイの隙間のない付け方と、その響きのあえて言えばロマンティックな作用は、不穏さやあやうさや衝撃を助長する意味で、ジャームッシュ自身のバンドSQÜRLの『パターソン』の音楽とは働き方が違っている。たぶんそれが、両者の〈詩〉の内実の違いなのだ。後者のアンビエント・ミュージックのようなサウンドは、主人公が他人に邪魔されないときに聞こえてきて、オーバーラップする滝の水と手書きの詩のテキストと一体になって、夢想と呼んでもよい持続を彼が日々保っている事実をよく伝える。いずれもひとを酔わせるし、論理との距離のとり方としては共通しているけれど、パターソンの夢想の感覚は、『デッドマン』の「地獄」としてある世界を移動していくような、現実を超えていくような感覚とは、やはり違っている。日常を捨て去って彼岸に向かって移動する『デッドマン』には、それならではの、ぞくっとするような〈詩〉がある。

『デッドマン』において主人公ビル・ブレイクは「血で詩を書く」詩人だが、もちろんそこでの本当の詩人はジャームッシュだ。とりわけビル・ブレイクが仔鹿の遺体とともに横たわるシーンで、彼の見た目のように空が映り、それが回転するときに、その詩は極まっていると感じられる。血で書かれた詩はしかし、たとえ主人公が一瞬垂直なポエジーを感じることがあったとしても、彼本人によって〈詩〉として自覚されることはない。それが「詩になる」のは、あくまでも語り手であるジャームッシュの、映画の語り口においてなのだ。そして、この点では『パターソン』でも実は事情は変わっていない。パターソンは詩人だから、自分の人生を「詩にする」ことができて、彼の詩とジャームッシュの詩はほとんど重なっているけれど、映画『パターソン』の詩は、あくまでジャームッシュによって映画として書かれる。『デッドマン』は、一人の人間が死にいたるまでを扱っている点で、ジャームッシュが語った最もパワフルなストーリーだが、「すべてに終わりがある」とすれば、「ここからここへ」の物語もまた、終わりとしての死を内包していないとは言えないだろう。『パターソン』の終盤で、恋に破れたエヴェレットがパターソンに「陽は昇り、陽は沈む」、また新しい一日が始まるというふうに語ると、パターソンは「いままでのところは（So far）」と答える。どんな線にも終わりがある。反復としてある変化の相は、何げない繰り返しのようだが、いつなんどき死によって断ち切られるかもしれないし、もちろんいつかは終わりを迎える。『ゴースト・ドッグ』の物語が告げるのはおそらくそのことで、『葉隠』を信奉するゴースト・ドッグは、何げない日常を平静な心で生きるとともに、いつでも自らが死ぬことを覚悟している。パターソンの日常もほんとうはあくまで「いままでのところ」平穏であるにすぎないだろう。

息の整え

ジャームッシュの映画に一貫して出てくるフェイドアウト気味の暗転は、物語の連続を断ち切る役割を負っているが、それが何に似ているかと言えば、〈呼吸〉に最も近いと言える。あの独特の間合いも音楽もカット割りも含めて、息づくことこそジャームッシュの映画の目的ではないか、ぼくたちは彼の映画に呼吸の仕方を学んできたのではないか、と思う。『パターソン』のラスト近くで、永瀬正敏演ずる日本の詩人は、あなたは詩が好きなのかと問われて、「私は詩を呼吸しています（I breathe poetry）」と答える。字幕では「（詩は）私のすべてです」と意訳されていたが、ここでは呼吸ということが重要なのだ。なぜなら詩は、何にもまして〈息の整え〉として存在するものだからだ。『ゴースト・ドッグ』でも『葉隠』のテキストが画面に幾度も引用されるが、マフィアのボスがその言葉を「戦の詩だ」と評するように、そこに登場する言葉はみな詩として在る。そう言える一番の理由は、主人公ゴースト・ドッグの生活において、『葉隠』の言葉を読む（或いは心で諳んじる）ことが、彼の息の整えとして機能しているからだ。『パターソン』でも、実際はとり散らかって見えるかもしれないパターソンの日常は、彼の詩作によって静謐《せいひつ》に整って感じられてくる。

『パターソン』ならではの息の整えがよく窺われるのは、作中の詩「もう一つ（Another One）」で、そこでは時間という「四つ目の次元」が語られるとき、

there's a fourth dimension:
time.
Hmm.

と改行される。この「Hmm」は二度目に出るときにはそれだけで一画面を占めることになって、つまりジャームッシュが「Hmm」の箇所でどう立ち止まりたいかを示しているのだが、それこそこの映画の息の整えの最も分りやすい例だ。作中で読まれるウィリアムズの詩「言っておくよ」で言えば、最後のスタンザは、

Forgive me
they were delicious
so sweet
and so cold

と改行されている。この行またぎによるスペースの作り方がウィリアムズの創意工夫だが、ラインごとに息をつく感じでゆっくり読めば（実際主人公はそうしている）、詩人が妻に怒られそうで、しまったと感じつつも、それをこの形で言語化するとき、深々と（いわば美的に）息をしていることがよく判る。この呼吸のとり方が詩だ。詩人によってその息のリズムはさまざまだが、パターソンもまた、詩を書く営みを続けることによって、自分の生を静かに生きることができる。

ジャームッシュの映画がこちらに伝染させる不思議な静かさ。それは呼吸のしかたの問題だ。それ

は生の時間の、散文的なものとは異なる、別の捉え方だ。呼吸もまなざしも音楽も、詩行の動きのように息づく。ジャームッシュはそこでいつも細心の注意を払っている。この点で『パターソン』にエミリー・ディキンスンの名前が出てくるのはとても自然なことだ。秘密のノートブックに書いた雨の詩を主人公に読んで聞かせる少女は、別れぎわに「エミリー・ディキンスンは好き?」と尋ね、詩人は「好きな詩人のひとりだ」と答える。ディキンスンはたとえば「わたしは家で一番ささいなものだった」で始まる詩で、「大声で生きるのは耐えられない/大騒ぎにはとても恥ずかしくなった」と記しているが、彼女の詩の静かさが映画にオーバーラップしてくる。実は『デッドマン』にもディキンスンの詩は隠れている。主人公が雇われるべく辿り着く会社の社長の名はディキンスンであり、主人公を導くインディアンの英語名はノーバディなのだから、そこからディキンスンの「わたしはNobody!」の詩を連想しないでいることは難しい。「わたしはNobody! あなたはだれ?/あなたもNobodyなの?/それならわたしたちペアになる!/言わないで! 彼らが広めてしまうから―わかるでしょ?/なんてつまらないんでしょう―Somebodyになる―なんて!/なんてパブリックになるんでしょう―カエルみたいに―/自分の名前を告げるなんて―長ったらしい六月じゅう―/お世辞を言う湿地に向かって!」『デッドマン』でビル・ブレイクはノーバディと「ペア」になる。パターソンはローラに「あなたの詩を世の中に出すべきだ」と言われるが、決してそうしない。それはディキンスン的に言えば、彼が他人に知られた「ひとかどの人(Somebody)」にならずに「誰でもない人(Nobody)」でいたいと考えているからだ。

ディキンスンは深い苦悩に見舞われた人だったけれど、ジャームッシュのあの軽みやユーモアは、人生に距離をとって苦悩をやり過ごすことを目指しているように見える。何げない日常を奪われる苦しみがひとの生にはあるから、いつも距離をとってやり過ごせるわけではない。それでも彼の映画は、「今までのところは」平穏な（平時の）日々の感覚をその息によってチューニングする作用を持っている。できれば『パターソン』のような呼吸で日々を過ごしたいと思う。

（初出：『ユリイカ［特集］ジム・ジャームッシュ』二〇一七年九月号。青土社、二〇一七年九月）

Ⅱ

『白鯨』——震災後のまなざしで読み直す

生き残りとしてのイシュメイル

『白鯨』の最後で、白い鯨モービィ・ディックへの復讐に駆られたエイハブ船長をはじめ、捕鯨船ピークォド号の乗組員は全滅し、ただ一人、語り手のイシュメイルを残して、海に沈む。三月十一日の津波のあとに『白鯨』を考えるとき、あらためて迫ってくるのは、メルヴィルが語り手イシュメイルを大災厄からの生き残りとして設定し、その立ち位置から自分が巻き込まれたできごとを語らせていることだ。

凄まじい災厄から自分だけが生き残ってしまったという意識が、『白鯨』の語りを貫いている。そうした生き残りの意識がなんらかの罪悪感や激しいトラウマにつきまとわれることは、多少なりとも避けられない。とすれば『白鯨』(という物語)は、起こったことのありのままの報告とは考えられないことになる。「この災厄には何の意味もなかった、ただ偶然に生じた事柄があるばかりだ」という認識に平然と落ち着けるのは、超人だけだろう。「この災厄にはなんらかの意味があったはずだ、それはある種の必然の糸で結ばれたドラマ、〈悲劇〉のようなあり方をしていたのではないか」という、何かにすがるような願望は、あって当然なのだ。鷲田清一が『語りきれないこと――危機と傷みの哲学』で言うように、それは自分のライフ・ストーリーの全面的な書き換えを要求する。「人生というのは、ストーリーとしてのアイデンティティをじぶんに向けてたえず語りつづけ、語りなおしていくプロセスだと言える」と述べたあと、鷲田は書いている。

わたしたちはそのつど、事実をすぐには受け入れられずにもがきながらも、たとえば腕をなくした、足をなくしたとか、子どもを亡くしたとか、じぶんはもう病人になったという事実を受け入れるために、深いダメージとしてのその事実を組み込んだじぶんについての語りを、悪戦苦闘しながら模索して、語りなおしへとなんとか着地する。そうすることで、じぶんについての更新された語りを手にするわけです。言ってみれば、〈わたし〉の初期設定を換える、あるいは、人生のフォーマットを書き換えるということです。（28）

第一章冒頭で彼が本名を明かさず、"Call me Ishmael."と読者に呼びかけることも、その点から捉え直すことができる。そこでもくろまれているのは自己の再生である。が、それだけではない。むしろそれ以上に、死者となってしまった者たちに対する、「彼らの姿を物語として残す」という責任があるのだ。親友クィークェグをはじめとする仲間の船乗りたちへの責任がある。そして船長エイハブに対する責任（そのひとが変に誤解されないように全力を尽くす課題）がそこにはあった。なぜならこの物語の主人公はやはりエイハブだったからだ。イシュメイルは第一章で、ほかの者にはたとえば悲劇の崇高な役割が与えられているのに、「運命」という舞台監督はなぜ自分の捕鯨航海にはさえない役どころが割り振られたのか、おぼろげに見えてきた気がすると書いている。どういうわけか自分はこの劇の主役ではない、しかし起こったできごとを語り伝えることはできる。——『白鯨』はメルヴィルが理不尽な宇宙の悪と感じられるもの（その背後にはキリスト教の神の存在がある）を相手に格闘して書いた小説だが、構造としてそうした語り手の存在を潜ませている。

エイハブの悲しみと狂気

エイハブは自分の思惑のために乗組員の命を巻き添えにしたが、語り手は彼を責められるべき悪人とは見なしていない。むしろおおむね彼に共感的で、ときとして悲劇の主人公としてのエイハブ自身のセルフ・イメージに忠実だ。現実にはイシュメイルが立ち聞きできるはずのないエイハブの言動が詳細に語られているが、それもまた、生き残りとしての語り手イシュメイルの、意識のフィルターを通過して記されている。たとえばエイハブはモービィ・ディックとの最後の対決の場面で「おお、わが至上の偉大さがわが至上の悲しみにあることを、いまこそわしは身にしみて感じる」と叫ぶけれども、それもイシュメイルによる現実の改変でなかったとは言いきれない。むしろそれは、イシュメイルの構想する〈エイハブの悲劇〉を締め括るための、決定的な〈せりふ〉なのだ。あるいは第一〇六章「エイハブの脚」でエイハブは、喜びよりも悲しみの方が先祖も子孫も長く続くと考える。「この世の幸福には、その至上のものにおいてさえ、ある種の卑小さがひそんでいるのに対して、あらゆるこころの悲しみの根底には神秘的な意味がやどる」というエイハブの物想いは、ピークォド号に乗船していた当時のイシュメイルには測り知ることのできなかったものである。こうした〈悲しみを知る者〉としてのエイハブ像は、イシュメイル自身の「悲しみより喜びのほうがおおいような人間は、真実の人間ではありえない——人間もどきであるか、まだ人間になりきっていない」という人生の見方と対応、あるいはそれを反映している。人間は生の途上で（必ず）悲しみを背負う、だからこそまっとうな「人間」と呼ばれるのだ、というこの考えは、まじめに生きる多くの読者を深く頷かせるだろう。

イシュメイルは「悲しみであるところの知恵はあるが、だが狂気であるところの悲しみもある」と書いているのだが、どちらかといえば語り手の彼が担うものが前者であるとすれば、主人公のエイハブは「狂気である悲しみ」を担っている。エイハブはたびたび「狂人」として描かれていて、たとえば第四四章「海図」には、彼の狂気がどのような性質のものであったかについてのきわめてすぐれた記述がある。第四一章「モービィ・ディック」でイシュメイルは、エイハブはアダム以来人類が世界に見出した悪に関する想念を白鯨に投影し、怒りをぶちまけたのだと語っている。理不尽に鯨に片脚を喰いちぎられたことがきっかけとなって、なぜ無辜《むこ》の人間が苦しまねばならないのかと、世界（とそれを創造したと言われる神）に対して憤怒をたたきつける。その意味で『白鯨』においてエイハブは〈人間〉の代表として描き出されている面がある。

だから、と言っていいだろう。イシュメイル（メルヴィル）は、狂気を否定されるべきものとは見なしていない。捕鯨用ボートから振り落とされて広大な海に一人残された黒人の少年ピップは発狂するが、語り手はその狂気について「ピップは神の足が機織《はたおり》の踏み台に置かれているのを見て、それを語った。だからこそ船の仲間たちはピップを狂人と呼んだ。だが、人間の狂気は天上の正気なのである」と述べる。狂気が理性を超えるものへの経路になるというのは、十九世紀ロマン主義譲りの発想だが、狂気そのものに〈人間〉に普遍的なプラスの性質を見ようとする点が重要なのだ。人間はときとして発狂せざるを得ないことがある、狂わないでいることはかえって鈍いだけかもしれないと『白鯨』は告げているように思える。

悲劇か小説か——カタルシスかお喋りか

理不尽な世界への怒りは、自分の身に起こったことを〈悲劇〉（「運命」のドラマ）と見なすことができれば、鎮《しず》まるかもしれない。エイハブは三日に及ぶモービィ・ディックとの対決の二日目に、「エイハブはあくまでもエイハブなのだ。この劇は脚本どおりにやることになっていて、変更不可能なのだ。おぬしとわしはこの海が波打つよりも一〇億年もまえに、もうこの芝居の下稽古をやっていたのだ」とスターバックに語る。自分が体験してしまったことはただの偶然ではなく必然だったと考えることができれば、自分では測れない、より大きな意味の存在を信じることができる。生き残りの語り手としてイシュメイルは、エイハブの自己劇化の願望に寄り添いながら、たとえば第一一九章では三本のマストに燃える鬼火を神的な使者に見立てたエイハブに「この人格化された非人格とも言うべき自然の脅威のなかで、わしはひとつの人格として立つ。なるほどわしの存在は微々たる一点にすぎず、いずこよりきたり、いずこに行くかさえさだかではないが、それでも生あるかぎり、わしの内部には女王のごとき人格が君臨し、その王権を主張している」と、劇形式を用いて最高のせりふを言わせている。不吉な予言や予兆となるできごと、行き遭う船それぞれの象徴的な意味、破局へ向かって緊張を高める終わり近くの章立てなど、語り手イシュメイルは全力で物語を、必然の劇としての〈悲劇〉

に仕立てようとしている。人間は意味のない生に耐えることができるか、ニヒリズムのままで生き得るかどうかを真剣に考えたことがある者には、彼のその行為は納得のいくことではないだろうか。

福田恆存が『藝術とは何か』で言っているように、ギリシャ悲劇の要諦は、自我意識によって溜《たま》った精神のよどみを流すカタルシスの効果にある。すべての抵抗は無に帰して、海が「五千年まえと変わりなくうねりつづけた」という語り手の言葉を読むとき、わたしたちは確かに不条理な世界への怒りに狂う主人公の破滅を味わいつくして、あたかも自分の代わりに反抗をした者の死とともに、福田が言うように「精神がゼロになる」のを感じることができる。更に読者はエピローグで、イシュメイルがただひとり、クィークェグの棺桶を救命ブイの代わりにして助かったことを知り、そこに象徴的な死と再生のイメージを感じとる。古い自我は一度死に、ゼロになったみなし児は新たな生を生き始める。

だが、十九世紀半ばのアメリカは古代ギリシャではなかった。メルヴィルはシェイクスピアを崇拝し、『白鯨』によって『リア王』に比肩し得るような悲劇を書こうとしたけれども、シェイクスピアの悲劇でさえ、ギリシャ悲劇に比べれば純粋な〈悲劇〉ではない。まして『白鯨』は、悲劇というなら〈メタ悲劇〉であり、どうしても悲劇に収斂することができない作品だった。このことは逆に言えば、メルヴィルがドラマティストを目指しながら、どうしようもなく小説家であったことを示している。ミラン・クンデラは『カーテン――7部構成の小説論』の中で、「ひとが人生と呼ぶこの避けがたい敗北に直面して、私たちに残される唯一のこととは、人生を理解しようと努めることなのだ。そここにこそ小説という芸術の存在理由がある」と言い、小説はストーリーの「絶対的権力」に抵抗する文学ジャンルだったと論じている（17-18）。小説家とは好きなところで好きなときに、自分自身の注釈や考察を入れこんで、「逸脱」によって小説の叙述を中断する権利を要求する者だというクンデラの指摘は、まさしく逸脱・脱線を繰り返して容易に本筋の悲劇に戻らない小説『白鯨』に当てはまる。クンデラがそこでカフカを例にとって着目するのは、普通には「冗談」としか見られないようなできごとの仔細を徹底して語ること、「一つの冗談の暗い奥底にまで下り」ることだった（155）。やはりそれも『白鯨』に当てはまるのではないだろうか。見方によってはこれは途方もない冗談と言いたくなる物語なのだ。

これを生き残りとしてのイシュメイルの語りの問題として捉え返せば、イシュメイルはエイハブが抱く必然の劇としての悲劇のヴィジョンに深く共感しながらも、その悲劇を悲劇として閉じ得なかったということになる。『白鯨』の劇は必然の糸の織りなす運命を語り切ってはいない。第四七章「マットづくり」で語られるとおり、「必然」と「自由意志」という縦糸と横糸を織るときの筬《おさ》となるのは、「偶然」としての、縄のマットの網目に揮われるクィークェグの樫棒である。偶然を迎え入れる態度こそ、『白鯨』の語り手の基本の姿勢であり、それはクンデラ的な〈散文性〉の態度と結びついている。そしてそれはエイハブの悲劇を解体する方向に働く。そこでは大きな意味への確信はないままで、世界（の細部）が見てとられ、束の間肯定される。

イシュメイルは、鯨について、海について、延々と饒舌に、無駄話と見えるようなお喋りを続ける。

「この世には細心な無秩序こそが真の方法であるようなくわだてがあるものである」と言うイシュメイルには、できごとを〈エイハブの悲劇〉として閉じ切ることを許さないような何かがあった。たとえばそれは、エイハブの知り得なかった船乗りたちの水平な交わりの共同性であり、また鯨と海についての、無軌道に多方向に延びていく知見である。エイハブの見ている世界よりも広いものが、幾重にも『白鯨』に拡がっている。それは悲劇とは対照的に、笑いを基本とする見方と通じ合っている。スタッブのやけっぱちで不敵な笑い、クィークェグの微笑み、愚かしい自分の姿を笑うイシュメイルのユーモア。そしてイシュメイルは、エイハブには気づくことができなかった鯨の生命の神秘に、語りながら何度も触れる。『白鯨』の読者は、イシュメイルが心からの畏敬の念を抱きながら鯨への賛歌を歌うさまに出会うだろう。それは、エイハブのように世界を恨まないための、終わりのないお喋りなのだ。世界は混沌としており、自らの力は弱い。そのある程度の自己の無力を、イシュメイルは肯定している。

イシュメイルにとって『白鯨』を語ることは、自分よりも重要な存在である海と鯨の命をめぐって、閉じないお喋りの時間を保つことでもあった。それはカオスの中に辛うじて場を持つことだ。たとえ結論が先延ばしになっても、自分がドラマの主役でなくてもいい。鯨は彼にとって個体の死を超えてあり続ける生命を示す存在なのだが、それに触れていることが、エイハブとは異なる、もう一つの救済になる。そのとき『白鯨』は、大きな運命を持て余す小さな読者を励ますだろう。ストーリーとは別なところで。

○引用文献

『白鯨』の引用は八木敏雄訳・岩波文庫版により、一部改変した。
ミラン・クンデラ『カーテン——7部構成の小説論』（集英社）
福田恆存『藝術とは何か』（中公文庫）
鷲田清一『語りきれないこと——危機と傷みの哲学』（角川ONEテーマ21）

（初出：『震災後に読む文学』　堀内正規編、早稲田大学ブックレット「震災後」に考える28。

早稲田大学出版部、二〇一三年）

エドガー・アラン・ポーについて

エドガー・アラン・ポーについて、グスタフ・ヤノーホの『カフカとの対話』の中でカフカは、「ポーは病気でした。惨めな人間で、世間に対して無防備でした。だから彼は酩酊のなかに逃れたのです。空想力は彼にとっては、その身を支える撞木杖《しゅもくづえ》でしかなかった。彼はこの世に定着するために、この世をはなれた不気味な物語を書いたのです」と言っている。そして「空想のなかには、現実におけるほど多くの陥し穴はないのです」と言うのだが、確かに「現実」の重さやその不透明な分厚さと文学の中で格闘していたカフカにとって、ポーがそんなふうに見えたのは腑に落ちて、カフカのすばらしさを改めて感じる。だがわたしは少し違うふうに考えたい気がする。たとえば結核が深く進行していた妻ヴァージニアへの、現存する唯一の手紙で、ポーはこんなふうに書いている。

ぼくのいとしいこころ、ぼくのたいせつなヴァージニア! 今夜なぜぼくがきみから離れているかはぼくらの母が説明してくれるだろう。約束されている面接はきっと確実な結果をもたらしてくれるとぼくは信じている、ぼくのため、だいじなきみのために、そしてお母さんのために——希望をもって気を落とさず、もう少しがんばってほしい——この前のときはひどく絶望して、もしもきみがいなかったなら、ぼくは勇気をなくしてしまうところだったよ——ぼくのたいせつな愛する妻よ、今ではきみこそがぼくの最大の、そして唯一の励ましだ、この性に合わない満足できない報いのない人生との戦いの中で——あしたの午後にはきみと一緒だ、そのときまで、信じていてほしい、きみの最後の言葉と熱烈な祈りとを、愛する記憶にとどめ続けていることを!

よく眠って神様がきみにおだやかな夏を与えますように、きみの忠実な

エドガー

一八四六年六月十二日の日付がついているので、ヴァージニアが亡くなる前年の手紙になる。ポーが若い従妹のヴァージニアと内々に結婚し、その母とも同居を始めたのが一八三五年だから、ポーは病気の妻を心配しながら十年以上の生活を続けていた。その日々を支えるには、たくさんの正気を必要としただろう。わたしにはそちらの方が酩酊に逃れたポーの空想の力より気になる。彼の作品の随所に理性的な思考の働きは顕れている。ときとしてそれが破滅を避けるために意味を持つ場合がある。

「告げ口心臓」でも「黒猫」でも「ウィリアム・ウィルソン」でも、それから「アッシャー家の崩壊」においても、主人公は自壊する。「天邪鬼」という短編でポーが指摘するのは、人間には内部に自己破壊へといたる何か、ひょっとしたら本能のようなしぶといものが巣食っているということだった。断崖絶壁の突端に立って、飛び降りれば死ぬと分っている者がなぜか立ち去れないということがあるだろうと、語り手は言う。「我々の理性が猛烈に突端から引き離すから、まさにその故にこそ、我々はいっそう息せき切ってそこに進んでいくのだ。断崖のふちに立って震えながら、そんなふうに飛び降りを考えてしまう人間ほど、自然界において、とり憑かれたかのごとき堪《こら》えきれぬ情熱の持ち主はいない」――破壊的なのでやってはいけないと禁止された途端、それゆえにこそ禁止を侵して壊して

しまいたいという心的な動きを、ポーは真剣に受けとめる。可愛がっていた猫を、殺してはいけないと意識するがゆえに、涙を流しながら殺してしまうあの「黒猫」の主人公のイメージは、まるで何かの元型のように読み手の中に刻まれて離れない。

「黒猫」の主人公をそうした衝動へと駆り立てるものは、実は表面に語られていない妻への嫌悪だと、穿《うが》った指摘をしてみることもできる。だがもちろん誰にも諒解できる理由は酒である。酩酊状態はこの男の表層にある理性の働きを解除して、強い我意を全身で主張させる。エゴの我意。それがポーの作品にしばしば現れる自壊のドライブである。たとえば「告げ口心臓」でわたしたちは、同居する老人の片方の目が我慢ならないという理由で相手を殺し、自らの心臓の鼓動を他者も聴きとる告げ口と感じた挙げ句、警官に白状してしまう男の言葉、その一人称の告白をただただ聴かされる。そこで読者は、はたしてこの男が正気なのか狂気なのかという判定不可能なアポリアに直面させられるのだが、実はどちらの想定よりも真実らしいのは、この男は自分で自分のことが（ほんとうには）分っていないという事態ではないだろうか。自分の意識は自分の状態を把握していない、というかそれ自体が不可能なことで、常に人間は盲点を内側に持っていて、自己を所有することができない、その意味で自己は他者だということ。分身譚である「ウィリアム・ウィルソン」を思い出してもいい。或いは「アッシャー家の崩壊」を考えてみれば、ロデリック・アッシャーに召喚された語り手は、アッシャーが妹のマデラインを生きながら地下に埋葬する一部始終に、そうとは知らずに立ち会うわけだが、この不思議なファンタジーにおいて、最後に一気に沼の中に館もろとも没していくアッシャーを背後にして逃げる語り手は、自分の夢から現実へと、勢い込んで逃げ出す自己だと言っていい。アッシャーはマデラインが生きていることを知っているが、アッシャーを語り手の分身と見なせば、意識の表層近くにとどまる語り手にとっては、深い自己の姿としてのアッシャーは破滅する他者であり、それはつまり、ポーはあそこで自壊のリハーサルをしていると言ってもいいのだ。自己がたとえば阿片の酩酊によって見る、もう一人の自己の夢として。その場合、ロデリック・アッシャーは、美しく自己完結して滅びたい、というエゴの我意をやはり体現している。

エゴの我意が他者や周囲の世界をコントロールしようと欲することを、最も切り詰めた寓話として描いたのは「赤死病の仮面」だろう。プロスペロー王が致死の伝染病から身を守るために高い城壁で居城を囲い、夜ごと祝宴を催しながら、最後には死そのものの化身によって滅ぼされる経緯が、大時計というあからさまな寓意の仕掛けとともに語られる。プロスペローが作る居城の、色彩ごとに分かたれた部屋の設定は、ポーにとっては美的戦慄をかき立てる空想だったかもしれない。が、ある意味でこの作品は、免疫をめぐる寓話でもあって、いかに不都合なものを完全に排除しようとしても、それがあたかも原理的に不可能であるかのように、死神然とした何かが侵入してくる。あの閉じた空間をプロスペローの自己のトポスと捉えれば、その寓意は、ひとはどうしても自己に閉じ切ることができない、というものだ。

これらの作品では、自己が我意を主張して外部と内部をコントロールすることを示すのが目的ではない。自己は壊れるところまでゆかねばすまないからだ。むしろ我意と世界との対立軋轢《あつれき》の、いわば臨界点、ないしは自己の限界の断崖のきわに立って、墜ちる瞬間を提示することが要になっているのだ。それを「理性の限界」と呼べば、カントにつながる「崇高」論にポーを連ねることになるのだが、わたしが語りたいのはそこではない。たとえば「告げ口心臓」のあの強度そのもののような（とても日本語に翻訳できない）一人称の言葉が、正気か狂気か、あるいはどの部分がそうか、本心の吐露か虚言か、まったく判らない、その読んでいる最中の感覚がすばらしいのだ。それはたぶん、わたしたちが「他者と直面する」という感覚に通じているからだろう。読者はすさまじい言葉の奔流に巻き込まれて、この男にいわば無理やり共感を誘われながら、しかしどうしても同化できない他人の芯みたいなもの、その抵抗に出会う。言葉そのものが壊れているのだ。作者ポーがこの自称殺人犯でないことは言うまでもないのだから、ポーは周到にこうした〈狂人〉をただ言語の力だけで作っていることになる。そんなふうに狂気をコントロールすることがどれほどの正気を要することか、言うまでもないだろう。

世界の流れが一人の個の思惑を意に介さないのは当然で、世界のすべてを自己の内部から眺めるロマン主義的な認識のメガネを通しても、それが無視できるわけではない。無視しようとする者は納得ずくで破滅していく。しかし個の限界を超えて自己を救う物語もあり、たとえば「メエルシュトレエムへの下降」には、ポーならではの個と世界の関わりがよく窺《うかが》える。そこでは、或る時刻が来れば巨大な渦が発生する海の場所へ、兄弟で魚を獲りに行き、時間を読み間違えて夜にその大渦に墜ちてしまった男の回想が語られる。ポー的と言うしかない世界像はたとえば次のようなものだ。

月から放たれた光線は底深い渦巻の最底部を探っているように見えました。だが私にはまだ何も明確には見分けられませんでした。あらゆる物が濃い蒸気に包まれ、その霧の上に、巨大な虹がかかっていたからです。それはまるで、古《いにしえ》のイスラム教徒が〈時〉と〈永遠〉をつなぐ唯一の細道だと言う、あの狭くぐらついた橋のようでした。この蒸気、しぶきは、漏斗状の側面の大きな壁同士がぶつかり合って、すべてが底で衝突して生じたものに違いありません――でもその霧から天をめざして立ち上《のぼ》る叫喚は、私には到底表現できません。

ポーは世界を常に〈宇宙〉として意識していたが、それは人智では測り得ない途轍もないメカニズムであり、そこでは機械と生命はまったく同じものの別名になる。黒檀のような夜の波のつくる壁、射し込む月光が生む夜の虹、地の底から天に向かって立ち上がる叫びの轟音――物質的想像力の産物として、たとえばバシュラールのように夢想の一形態として味わうこともできる。だがわたしはいまは、たとえば巨大津波のような自然の猛威の、極限の受けとめ方としてこれを感じたい気がする。語り手は自分が助からないと思った途端、或る落ち着きを感じたと言う。「自慢のように聞こえるかもしれませんが――真実を告げているのです――これほど驚異に満ちた神の力の顕現を前にして、ある思いが湧いてきました、こんなふうに死んでいくことは何とすばらしいことだろう。そして、自分個人の命というちっぽけな気がかりにかかずらわるなんて、私は何と馬鹿なのだろうと。ほんとうに、この考えが浮かんだとき、私は恥ずかしさに赤くなったのです。少し経つと、この渦巻そのものに対する抑え切れない好奇心が私を捉えました。」先に引用した虹の箇所は、こうした自己一身の生存への固執を捨て去った者の観察として語られていた。エゴの我意とは次元の違うこの「好奇心」が、結果的に語り手を救うことになる。渦巻きには沈みやすい形態の物とそうでない物の速度の違いがあり、語り手は円筒形の樽に掴まる選択をして一人だけ命を永らえる。ここでは、我《が》を張る自我を消し去り、世界の流れを無私で観ることとの奨めがある。同様のことは、残酷な拷問に遭い、身体というものを最大限に意識せざるを得ない「落とし穴と振り子」の主人公にも言える。

彼ら主人公は、いわば理性の働きを発揮させて、ある意味では自己コントロールをしているのだが、それはエゴによって邪魔されず、個への固執を離れたときに、世界の流れとシンクロすることによってなされる。世界の流れは人間の理性的な知の働きによっては完全には読み得ず、ただ人は部分的にその流れを冷静に味方につけることができるだけだ。この点でわたしは「黄金虫」をポーの最も幸福な小説だと思う。そこではアメリカ南部のフレンチクォーターで没落した青年レグランドが、サリバン島の浜辺で珍しい甲虫を拾うのだが、お付きの元奴隷の黒人ジュピターが虫嫌いなために素手では摑めずに、傍にあった羊皮紙を一緒に拾うことになる。この羊皮紙が海賊キャプテン・キッドの隠し財宝の在り処を示す暗号文を隠しているのだが、それが発覚するのは、レグランドの友人の語り手が暖炉の火の傍でこの炙り出しの紙を見たからであり、それは語り手を愛する大きな犬が、語り手めがけて跳びついて来たためである。レグランドが狂人を装うようにわざと不可解なふるまいをして夜に宝を掘り当てる一部始終は、いつでも子どもも心をくすぐるし、後半の彼の暗号解読はそれなりに楽しい。そこでレグランドはジュピターや語り手を煙に巻いて喜ぶ我意を示しているとも言える。だがポイントはそこにはなく、レグランドの次の言葉にある。

「反省のこの段階にいたって、ぼくは思い出そうと努めた、実際に全体をはっきりと思い出したんだ。問題になっているこの時に起こったすべての出来事をね。天候はうすら寒い日で（おお、稀《まれ》なしあわせな偶然！）、だから暖炉の火が燃えていた。ぼくは運動で体が火照《ほて》っていたので、テーブルの傍に座っていた。ところが君の方は暖炉に椅子を近づけていた。あの羊皮紙を君の手に渡して、君がそれを調べようとしたそのとき、ニューファンドランドのウルフの奴が入ってきて、君の肩へと跳びかかったんだ。」

詳細に思い出されるこのアクシデントの重なりだけが、彼を財宝へと導く。わたしは「おお、稀なしあわせな偶然！（oh rare and happy accident!）」という感嘆の声が好きだ。それは世界の不可測な流れを迎え入れる者の言葉だからだ。「黄金虫」には、南部ヴァージニア出身のポーの、不必要に知力が低くて人の良い、滑稽なステレオタイプによって黒人を描写する悪癖が出ていると言えば、そうも言える。だが、読者が共感するのは周囲の心配をよそに他者を操作してほくそ笑むレグランドではなく、主人の無茶な要求にしぶしぶ従いながら、最後には不明を恥じて自分を叱咤するジュピターの方だ。ときには主人を殴打することも辞さないこの黒人男性は、作品の中で自立した自己の判断を持つ、忘れられない人物である。ともあれここでわたしが強調したいのは、外的世界が偶然として現れるそのできごとの不意打ちを、喜ぶことのできる心的な態度なのだ。おそらくそれこそが、人を救うことができる。

ポーは理性的に自己をコントロールすることを否定しない。ただそこに「俺が俺が」という自意識を乗せることが否定されているのだ。いや、というより、彼は人がそう思いたがることの不可避性をこれ以上なく認め、世界より自分を優先して滅ぶことの魅力、牽引力、あえて言えば甘美さを誰より知っていた。だが日々を生き抜くポーが選択しようとするのは、我意を消して大きな世界の流れに寄り添うことだと思う。それは実は詩人としてのポーによく顕れている。そこでポーが信を置く世界の流れとは、言語の調《い》いである。一八三一年、まだ小説を書き始める前の詩集の序文で彼は、詩が散文のロマンスと違う点として、詩は「おぼろげな感覚」を与えるもので、そのためには「音楽」が欠かせないと言う。「甘美なサウンドの理解は我々の最もおぼろげな考え」だからだ。そしてポーは、「〈あのひとは魂の中に音楽を持っていない〉という非難によって、何が意味されているのだろう」と書いている。死の年である一八四九年、ヴァージニアが死んだ二年後に書かれた詩「アナベル・リー」を声に出して読んでみれば、ポーが「甘美なサウンド（sweet sound）」という言葉でどんな音のことを言いたかったかが判る。これは翻訳が不可能なのだが、“It was many and many a year ago,” という最初の行がたてる響きは、“many an” と “many a” という繰り返しのちょっと鼻にかかるような音、“many a year a” という連なりにある「イャーァ」の音の繰り返し、“and” の最後のdをほとんど聞こえないくらいにすると、行末まで母音が、小さな子どもの喃語《なんご》のような音を奏でているのが判る。“year ago” の音の、母音を引く終わり方もそれまでの音の締め括りとして心地よく、耳障りな子音の音がこの一行にはない。行末が踏韻するだけではなく、ポーはこのように一行の中に音の繰り返しを置く(インターナル・ライム)。第五聯六行目の “Can ever dissever my soul from the soul” の頭の繰り返しの音。第六聯一行目の “For the moon never beams without bringing me dreams” や三行目の “And the stars never rise but I see the bright eyes” の音の響き。もちろんリズムの刻み方もある。たとえば同じ “love” という語を出す第二聯三行目の “But we loved with a love that was more than love”。Annabel Lee という名前の響きそのものが、不快さを一切含まないきれいな甘い音を出している。この詩の中で、Annabel Lee と何度も発音することそれ自体が、何より快いことなのだ。

　無邪気に愛し合っていたアナベル・リーが寒冷な風によって凍え死にして、親族に連れ去られ、海辺の墓の石棺に収められる。この詩はそのあとで、語り手が回想し、いまも彼女の傍らに身を横たえることを歌っているという意味で、紛うかたなく喪失の歌である。死者となった愛する者を永遠に忘れずに海辺にとどまる語り手は、伝記的には二年前に最愛の妻を喪《うしな》ったポーを想起させる。その意味でこの詩の主題は哀切であり、苦しみを呼びおこす。だが、言葉を周到に精妙に操ることによって、詩人はその痛みを「歌をうたう」歓びに換える。愛する者の死を歌うことはエゴの我意だろうか。そうかもしれない。だがポーはここで我意を主張してやまないのではない。なぜなら〈詩〉が、彼に恣意的なしたい放題を許さないからだ。いかにしてsweet soundによる音楽を響かせるか、それは言語という自分よりも遙かに大きい不可測の何ものかを前にして、我意を捨てることによって、恣意を捨てた上で言葉をできる範囲でコントロールすることによって、成し遂げられる。そのとき言葉という世界の流れは、個としてのポーを救っている。

石棺の中に横たわるアナベル・リー（の遺体）の横に横たわることは狂気だろうか、正気だろうか。おそらくその問いは無効である。ただ詩作品を書き上げる行為だけは正気である。死者への想いを利用して快感を得ようとするのは自己愛だ、とポーを批判する人がいるかもしれないが、そういう人は「魂の中に音楽を持たない」人間なのだ。ひとはいつまでも生木《なまき》を裂くみたいな出血する傷とともに生きることはできない。傷は消えないが、傷痕は愛されねばならない。詩がそれを助けるなら、ほかに何が望めるだろう。最終聯の「そうして夜の間じゅう、ぼくはかたわらに横たわる／ぼくの愛しい人、ぼくのいのち、ぼくの花嫁の（And so, all the night-tide, I lie down by the side / Of my darling, my darling, my life and my bride）」という部分の、“Of my darling, my darling, my life and my bride”という、単純でおさないほど率直な詩行を声に出して読むたびに、あまい感覚と喪失の痛みとが揃ってやって来る気がする。たとえポーの死が惨めさを喚起するとしても、詩人ポーは惨めではなかっただろう、けっして。

（初出：『同時代』第三十五号「黒の会」、舷燈社、二〇一三年十二月）

『緋文字』のホーソーンのまなざし

ナサニエル・ホーソーンの『緋文字』というと、ピューリタン時代を背景にした暗鬱な小説だと思う人が多いかもしれない。しかしホーソーンは決してピューリタン的なキリスト教を内面化したような人ではなかったし、『緋文字』でも作者は、不倫の罪を隠していた牧師ディムズデールが最後に公衆の前で告白をして死ぬだけの、厳格な〈義〉の物語にしていない。ストーリーを語る過程で人間の内面性を深く探求したが、ディムズデール、ヘスター・プリン、ヘスターの元夫チリングワースの三人の登場人物の誰をも、語り手は道徳的に裁いていない。『緋文字』は一八五〇年に出版されたが、それよりほぼ二百年前の植民地時代のボストンを舞台にした、イギリスからの植民の第一世代の物語だ。クライマックス近く、新しい総督の就任の祝いの日、語り手は、人々がみなイギリス時代の華やかな雰囲気を持っている様子を語りながら、「彼らのすぐ次の世代は、初期の移民の第二世代になるが、ピューリタニズムの最も黒い翳を身に帯びて、国の顔つきをとても暗いものにしたので、それ以降のすべての年月をもってしてもそれを晴らすことができなくなってしまった。我々はもう一度この失われた明るさの技を学ばなければならない」と言う。ホーソーン自身が魔女狩りで有名になった港町セイラムに最初期に植民した者の子孫であり、先祖には事実魔女裁判の判事だった者もいて、『緋文字』の序文にあたる長いコミカルなエッセイ「税関」の中でその仔細に触れているが、ピューリタン時代の息苦しいような過去の重みを感じながらも、「失われた明るさの技」を学びたいと願っていたのだ。『緋文字』は映像で言えば白黒の世界に擬《なぞら》えられるかもしれないが、だとしても二色の強烈なコントラストの世界ではなく、ヘスター・プリンとディムズデールが密会する後半の森の場面の陽射しのように、さまざまなグレーのヴァリエーションが織り成す陰翳の世界だった。

「税関」という文章は彼が「スケッチ」と呼んだ独自のスタイルのエッセイで、「『緋文字』への導入として」書かれた。滋味あふれる文章で、年齢を重ねるほど興味深く読めてくる。短編小説家として生きていたホーソーンは、生活のために一八四六年から三年ほどの間セイラムの税関に主任行政官として勤め、その間は小説を書いていない。そこでの経験を面白おかしい風刺的な筆致で描き出したあと、ホーソーンは税関の屋根裏で紅いAの文字の刺繍の施された古い布を見出した仔細を語る。その布が、ヘスター・プリンと呼ばれた女性が不倫の罪への罰として生前胸に着けさせられていたものであることが記録から判ってくるのだが、もちろんそれはフィクションなのだ。つまり虚実が綯《な》い交ぜになっているのだが、語り手は一貫してヘスター・プリンの物語は「史実」であると主張する。自分が作り出したものではなく、歴史の中に生きていた人びとの話を、いわば想像力の助けで脚色して語った歴史小説として、『緋文字』を提示しようとしているわけだ。

このことは、『緋文字』のドラマを形作る登場人物たちがみな〈歴史の中の死者〉であることを意味している。ホーソーンは（実際にはフィクションとして物語を作っているにせよ）自分の語る物語を、既に最後が決まっている話、自分の自由にはならない他者の生死のいきさつとして、語ろうとした。ホーソーンがこの本で好んで用いる「幽霊（ghost）」という言葉を使えば、三人の人物はみなその運命の決まっている「幽霊」たちであり、彼らを「幽霊」として想起し、紙の上に甦らせることが小説家ホーソーンの課題だった。言い換えれば語り手は自分の物語に対して、自由でもあるが、謙虚なのだ。そこにホーソーンの言う「ロマンス」という概念が関わってくる。「税関」の有名な箇所で彼は、月光に照らされた部屋について語っている。

月の光が見慣れたはずの部屋のカーペットにとても白く射し込んで、その模様をくっきりと浮かび上がらせる――あらゆる事物がとても微細なまでに眼に見え、しかしそれは朝や真昼の光の見え方とはあまりにも違う――その光はロマンス作者にとって、実在しない客たちと知り合うための最適の媒体になる。そこにあるのは周知の部屋の、小さな家庭の眺めである。それぞれに特徴のある椅子、裁縫籠と一、二冊の本や消えたランプの載っているセンターテーブル、ソファ、書棚、壁にかかった絵――こうした細部すべてがあまりにもはっきりと見え、いつもと違う光によって、あまりにも浄化されてみな現実の実体を失い、思考の中の事物に変わる。どんな小さな些細《ささい》な物もこの変化を免れず、それによって威厳を獲得する。子どもの片方の靴、枝編み細工の馬車に乗った人形、木馬――昼間に使われたり遊ばれたりしたあらゆる物が、まだ日光のもとにあるときと同じほど鮮明に存在しながら、いまやふしぎな手の届かない感じを帯びている。こうして見慣れた部屋の床は、一つの中立の領土になっていて、それは現実の世界と妖精の世界の間のどこかにあり、そこでは〈現実的なもの〉と〈想像的なもの〉が出会い、それぞれ互いの性質によって浸透し合っている。ここにならば幽霊たちもひとを怖がらせることなく入ってこられるだろう。

長い引用になったが、ホーソーンにしか書けない十九世紀アメリカ文学の極みと言いたい箇所で、どうしても途中で切れなかった。この親密で少し子どもの世界に通じるような、小さくて些細な物たちの部屋の姿は、「税関」の前半で散々ホーソーンが書いてきた味気ないアメリカの政治の世界、マッチョな大人の男性の世界の対極にある。ここで言われる「中立の領土（neutral territory）」はアメリカ合衆国が拡大併合していた「領土」とは真逆な、文学ならではの「領土」なのである。ロマンス作者としての自負というのか、政治的な世界に対峙し抵抗するホーソーンの矜持《きょうじ》が、引用箇所には潜んでいる。わたしは引用最後の文「ここになら幽霊たちも入ってこられる」を導きたかったのだが、この「中立の領土」に入ってくる「幽霊たち」こそ、ヘスターたちだ。

それは決して空想の産物を意味しない。「〈現実的なもの〉と〈想像的なもの〉が浸透し合う」と言われるとき、問題なのは想像の世界ではない。むしろ現実が根幹にあって、それが月の光のような媒介を通して、別様に見えるということが重要なのだ。言い換えれば、ホーソーンの「ロマンス」は現実によってのみ生まれる。『緋文字』はある意味で悲劇的とも言える結末を持っていて、人間の意志や希みによっては儘《まま》ならない、どうしても幸福な結末を迎えられない物語である。彼らの最期は既に決まっている。ホーソーンはそこに想像力によって入り込み、生き生きと息づく人間の姿を「幽霊」として甦らせる。つまり「ロマンス」によって現実の重さを測っているのだ。

ホーソーンは三人のどの人物も裁かないとわたしは言った。それは、『緋文字』において語り手がそれぞれの人物にただ寄り添うという意味ではなく、シンパシイを持ちながらもそれぞれ別様の仕方で〈あわれみを抱く〉という意味である。あわれむという行為を他者を下に見る傲慢と受けとめると違ってくるが、誰にも固有の人間的な弱さがあることを、残念に思いながら、仕方のないこととして肯定する態度だと言えるかもしれない。それはわたしがホーソーンを大人だと感じる部分でもある。第一章の最後で語り手は、ヘスターが現れる獄舎の扉の脇に咲く野ばらの花を読者に差し出したいと述べて、「それが何か甘美で道徳的な花のしるしとして役立ってくれればよいのだが。それが道の途上でふと見つけてもらえたり、或いは人間の弱さとかなしみの物語の暗い結末を和らげることができれば」と言う。最初から彼は以後に読まれる物語が「人間の弱さ」のそれであることを読者に告げている。常に公衆に対して自分の罪状を晒《さら》し続けねばならないヘスターの苦しみにホーソーンが寄り添うのは言うまでもないけれども、「道徳的な花」という意味でヘスターの「弱さ」を言うとき、おそらく作者が意識しているのは、七年ぶりにディムズデールと親しく語り合い、弱っていく彼を励まして、ヨーロッパで新しい第二の生活を一緒に営もうと誘い、それが実現するという希望を抱いた点、つまりもう一度現世で二人の幸福を得ようと意志した点なのだろう。

ディムズデールについて言えば、森の中でヘスターと再会し、葛藤の末彼女の支えを受け入れて、一旦ボストンの地を逃げ去る決意をした直後の描写に注目するのがよい。船の出港の日が新総督就任の日の翌日で、その日に自分が公衆に向かって説教をしてから出られることを「幸運だ」と形容したディムズデールについて、語り手は言う。「このあわれな牧師のあれほど深遠で鋭敏な内省力が、これほど惨めに欺かれるのは、本当に悲しいことだ！　我々はこれまでも、またこれ以後も彼については更に悪いことを語らねばならないのだが、そのどれもこれほどあわれむべき弱さを示すものではないだろう。彼の性格の実質の中にずっと以前から喰い込んでいた、とてもかすかだが否認しがたい微妙な病の証拠として。」「あわれな」という形容詞はこの小説の中で何度も使われる。語り手はここでディムズデールを道徳的に責めているわけではなく、やむを得ぬ「弱さ」をあわれに思って、「かなしい」と観じている。同様のことは、作品中最も許しがたい復讐に身を窶《やつ》すチリングワースについてさえ言える。実はこの作品で作者が唯一、重大な罪だと見なしているのは、チリングワースの、他者の心の内部にずかずかと踏み入る〈残酷性〉（cruelty）であり、それはディムズデールの「わたしたちはこの世の最悪の罪びとではない、へスター。この毒された聖職者よりもっと悪い者がいる！　あの老人の復讐はわたしの罪よりさらにどす黒い。彼は冷血に人間の心の尊厳を侵したのだ」というせりふに明瞭に露《あら》わにされている。ホーソーンによれば、誰しもが心の中に、誰にも無断では立ち入ることの許されぬ聖なる場所を持っている。それを勝手に侵すことこそ暴力なのだ。そのチリングワースに対しても語り手は、かつての妻の愛を奪い罰せられぬままの相手ディムズデールへの復讐に、やむにやまれずに駆りたてられた人間、それ以外の生き方がどうしても不可能であった人間として、「この不幸な人間（This unhappy person）」と形容する。チリングワースは自己の陥った惨めな状態を自覚している。ヘスターに対して自分のことを「かつてはひとの心を持っていた一人の死すべき者が、特別な呵責のために悪鬼に変わったのだ！」と表現した直後の一節を引いてみる。

この不運な医者は、この言葉を発するとき、恐怖の表情をしながら両手を挙げた。それはまるで、これまで認識できなかった怖ろしい怪物が、いまや鏡に映った自分の姿に取って代わったのを目にしたかのようだった。それは何年もの間を置いて稀《まれ》にやって来る瞬間の一つで、自分の精神的な様相が心の眼に忠実に暴露されるときだった。おそらく、彼はこれまで一度もいまのように自らを目撃したことはなかっただろう。

チリングワースが自己のおぞましさに気づく様子を描きながら、彼を「不運な」と形容する態度に、ホーソーンのあわれみ方がよく出ている。人生の盛りを学究に捧げて、衰え始めてから歳の離れた女性と結婚し、せめて世間並みの家庭の安らぎを求めた男が、ヨーロッパからアメリカへの船旅で妻と別れ、インディアンに捕囚とされて、ようやく再会した妻は他の男性と子をなしていた。チリングワースに復讐心が生じることに無理はないと語り手は読者に感じさせる。だがもちろんその復讐が、冷静に犠牲者を追い詰め、ゆっくりと責め苛む形をとるとき、作者はその残酷性を徹底して非難する。一方で、最初から愛情の感じられない結婚をし、よき妻であろうとしたにせよ、夫が行方不明で死んだともとれる状況において、ヘスターの持ち前の情熱が独り身の牧師ディムズデールへの強い愛情へと迸ったこともまた、ピューリタン時代の、道徳と法律とが一体となった共同体においては犯罪だとしても、ホーソーンの観点では決して罪ではない。ヘスターに「わたしたちがしたことにはそれ自身の神聖さがありました」と言わせているのはそのためだ。そして他方で、その愛の行為は、キリスト教信仰により姦淫を罪とするモラルを深く内面化していた牧師ディムズデールにとっては、犯罪であるだけでなく罪であった、とホーソーンは考える。「ディムズデール氏は本当の聖職者、本当の宗教家だった。敬虔な感情が大いに発達し、その精神の秩序は一個の信条の道に否応なく自らを駆りたて、時の経過とともにますます深く、たえず突き進むものだった」と語られるとき、ホーソーンは誰でもがディムズデールのように苦しむのではないし、また苦しむべきでもないと言っていることになる。それだけに、他人の前で自己の罪を告白し得ずに、ぐずぐず隠しているディムズデールの欺瞞を批判するけれども、そのために自らをとことん責めたてて処罰しようとする彼の苦悩に対しては、ホーソーンは共鳴してあわれんでいる。十九世紀半ばのアメリカ文学において、人間の自己否定の苦悩に最も価値を置いた人はホーソーンである。同時にいかなる苦悩も一人合点、独り相撲のままでは肯定され得ず、他者の前に己れを曝《さら》け出すことなしに完結することはできないという、最も厳しい視点を持っていたのもホーソーンだった。人間個々の状況を忍耐強く理解し、その上であわれむべきはあわれむことがホーソーンの態度で、それはすべての人間をかなしく弱いと見なすことのできる角度を、相手に応じて持てる態度だとも言える。

既にチリングワースの「悪鬼」への変身については述べたが、この作品ではヘスターもディムズデールも何度か変化していく。ヘスターの胸のAの文字は「Adultery（姦淫）」から「Able（有能）」や「Angel（天使）」などの意味へと変化したと語り手は言うが、それはコミュニティの人びととヘスター・プリンとの関係の変化を示している。またヘスターは後半の森での密会の場面で、帽子の中に隠していた長い髪の毛を解き放つとき、一人の男性を愛する女性に変わる。とりわけホーソーンの視点ですばらしいと思えるのは、前半での一人娘のパールを守ろうとする際のヘスターの毅然とした姿勢で、それも彼女の変化のありようなのだ。「この世界でたったひとり、世間から見放され、娘という宝だけが自分の心を生かし続ける唯一の存在だった彼女は、世の中に対して、廃棄し得ない権利を持っていると感じていた。それを守るためなら死ぬ覚悟もできていた」という語り手の言葉には、社会すべてを敵にまわしても守るべき、娘を自分の手で育てる「権利」を擁護する態度がはっきり窺える。それは合衆国独立宣言の前文に謳われた、アメリカ人が誰でも持つ「譲り渡すことのできない権利」を想起させる。ここではホーソーンは、共同体の意向とひとりで対決する女性の個の存立を、熱意をこめて守ろうとしている。「もしもやさしさだけの人間であったら、彼女は死んでしまうだろう。」それゆえにヘスターは、植民地時代初期において例外的に物事を深く思考する人間になったと語り手は言う。「世の中の法は彼女の精神には何の法でもなかった。……彼女は思索の自由を身につけたが、それは当時は大西洋の向こう側では普通であっても、我々の先祖たちにとっては、もしも露見すれば、緋文字の烙印が示すものより遙かに重大な犯罪と映っただろう。海辺の彼女のさびしい小屋の中で、思想が次々に彼女に訪れた。」こうした変化こそヘスターが経験によって購《あがな》ったものだ。一人の女性を歴史の中に位置づけ、同時に抜きん出た思索の深さを彼女に与えることが、作者のしていることだ。ディムズデールの場合、わたしが重視したいのは、作品の中盤で、真夜中に誰も見る者のない広場の処刑台に立って、たまたま遭遇したヘスターとパールを自分と一緒に立たせる場面だ。パールの手を取ったヘスターは呼びかけに応じる。

牧師は子どもの手を探り、自らの手に取った。その瞬間、あらたな生命、自分のではない別の生命の激しい流れと感じられるものが、彼の心の中に奔流となって注ぎ込み、彼のあらゆる血管に急《せ》きこむように流れた。あたかも母と娘が自分の命の温かみを彼の半ば死んだ身体に伝導するかのようだった。

ここでディムズデールは〈母子〉というものに触れて衝撃を受けているのだろうか。おそらくそれ以上に、小さな自分の子どもの手に触れて、その命の感覚に強く打たれているのだとわたしは思う。パールはディムズデールとヘスターの二人の紐帯を体現する存在でもあり、森の場面では次のように語られる。「ふたりが座ってパールのゆっくりした足どりを見つめていたとき感じられたのは、これまでどちらも感じたことのないものだった。その子どもに、ふたりをつないでいる紐帯が見えた。……パールは彼らの存在の一体性の証だった。過去の罪が何であれ、自分たちの地上の生と未来の運命が結ばれているのを、彼らはどうして疑い得ただろうか。いま眼前に、ふたりが出会い永久にともに生きる拠りどころになる物質的な結合と精神的理想が見えていたというのに?」パールという子どもがいることが、ふたりをともに生きるように後押しする。子どもがいることが人間を変える。

同様にチリングワースも自分のではない子どもパールに遺産を与えて死ぬ。総督就任の祝いの日、ディムズデールが公衆の前で胸をはだけて、そこにあるAの文字、おそらくは自らが体を傷つけて刻んだのであろうAの文字を示し、今度は白昼人前で処刑台に立って絶命したあと、チリングワースも生きる気力、支えを失う。「彼の力とエネルギーのすべてが——生命と知性の力のすべてが——瞬時にして彼からなくなったかのように見えた。ちょうどそれは、根こそぎにされた雑草が日光に晒されて萎れるように、本当にその場でしぼみ、縮んで、ほとんど人の目から消え去ったようだった」という表現は、いかにも言い伝えの伝説の語り直しというこの作品の語り方にふさわしい。チリングワースは一年以内のうちに死に、遺言によって相当の財産を「ヘスターの娘パールに」遺したと語り手は簡潔に伝える。復讐の対象がいなくなったとき、チリングワースはいわば人間に戻ったとも受けとられる。ホーソーンは死にいたる時期のチリングワースについては語らないが、遺言の事実はチリングワースが子どもによって変化した可能性さえ示唆している。

既に述べたように、この作品の構造においては、語り手は人づてに伝えられた歴史に埋もれた出来事を語り直しており、彼はすべての最後(最期)を知っている。いわば決まっている物語の、語り手による〈解釈〉だけが問題なのだ。語り手はディムズデールの告白について民衆には複数の解釈があったと述べたあと、「このあわれな牧師の惨めな経験から我々に迫ってくる多くの教訓のうち、私は次のものだけを文章に表そう。――〈真実であれ！　真実であれ！　真実であれ！　世の中に対して、自らの最悪の姿は無理だとしても、それが推察できるようななんらかの特徴を、隠さずに示せ！〉」と言う。ディムズデールはヘスターの愛情とパールの存在に力づけられて、辛うじて偽りの自己を擲《なげう》つことができたように見える。だが語り手の「真実であれ！（Be true!）」という言葉は、この作品の主要登場人物すべてに対して当てはまっているように思われる。言い換えれば、この小説において三人の人物はそれぞれ最後に〈自分になる〉のだ。

この点で最も意味深いのは最終章に後日談として語られるヘスターの姿だ。ヨーロッパに娘と渡り、何年もあとにひとりでヘスターはボストンに戻ってくる。かつて住んでいたあばら家の扉を開けて彼女は入っていく。

敷居のところで彼女は立ち止まり、そして半ば振り返った。というのもおそらく、たったひとりで、すべてすっかり変わってしまって、あれほどにも強烈だったかつての生活の家に入ってゆくということが、彼女でさえ耐えられないほどわびしく心細い考えに思われたからだ。だがそのためらいは一瞬のものだった。とはいえその瞬間は、彼女の胸に緋文字があるのを示すには充分だったのだが。

わたしはこの場面が好きだ(ヘンリー・ジェイムズの『ある婦人の肖像』の最終章で、グッドウッドの求愛を斥けてイザベルが家の戸口に立ち止まる場面と同じように)。ヘスターは自分の意志でかつて愛した人の眠る土地に帰ってくるが、敷居での一瞬の立ち止まり、躊躇の仕草を描き得たことにホーソーンの作家的な栄光がある。ヘスターが戻ってきた理由として語り手は言う。「しかしここニューイングランドには、パールが故郷を見出したヨーロッパの見知らぬ地域よりも、もっとリアルな人生があった。ここには彼女の過去の罪があり、彼女のかなしみがあった。そしてここには彼女の贖罪が待っていた。」この「贖罪」の感覚は、ピューリタン共同体の法律のものではなく、良心の呵責に耐えられずに死んだ愛するひとや、復讐に命を賭けざるを得ずに死んだ元の夫、彼らとどうしようもなく結び合わされた自身の生が、自ずと内面に開かせた、疼きのような自分のいたらなさの感覚、業のような感覚だったのだろう。ヘスターが〈自分になる〉形がここにある。パールにとっての「故郷」が彼女のそれではないとすれば、ボストンが、再訪される「ここ」が、彼女の骨を埋《うず》める故郷だということになる。

『緋文字』によれば、生まれ育った場所が故郷なのではない。歴史の中で人びとはさまざまな偶然に弄《もてあそ》ばれて、ある場所に生きるのだろう。ディムズデールがボストンに来た理由はヘスターのそれとは違う。だが『緋文字』によれば、偶然が〈機縁〉になることがあるのだ。インディアンの虜囚の身を解かれてボストンに来たチリングワースがなぜそこに留まり続けたか、語り手は彼がこう考えたのだと言う。「地球の荒れ果てた辺境のここに、俺は自分のテントを張ろう。なぜなら、よそでは一人の放浪者として人間的利害から切り離されていても、ここでなら俺は、一人の女と一人の男と一人の子どもも、自分との最も近い紐帯のある者たちを見出せるからだ。」またヘスターが罪の文字を着けたままボストンに留まり続けた理由は始めの方でこう語られる。「しかしそこには或る運命があった。あまりにも逆らえず避けられないために運命の力と思える感覚があった。それは人間というものをほとんどいつでも否応なくその場に留まらせ、幽霊のように居つかせるものだ。その場所は、何か大きくて印づけられたできごとが彼らの生涯に特定の色を与えるところであり、その色合いがひとを悲しませる暗さを持てば持つほど一層抵抗できなくなるのだ。……まるでそれは、前の人生よりも強い同化作用のせいで、新しく誕生した命が、他のすべての入植者や放浪者にはいまだにとても性に合わなかったこの森の地帯を、ヘスター・プリンの、未開で荒涼としてはいるが生涯の故郷に変えたかのようだった。」もちろんそれはディムズデールへの愛情に基づいていた。生まれた場所ではなく、機縁が生じた場所が故郷だ。言い換えれば『緋文字』は偶然が機縁(あるいは主観としての運命)に成りゆく仔細を語った物語であると言える。

『緋文字』は全体としては、〈すべてを別の場所で始め直すことの不可能性〉について、思考をめぐらす作品だ。この点でホーソーンはエマソンやソローとは決定的に違っている。それは人間の弱さを認めるかどうかの違いかもしれない。弱さやかなしさを持つ者は機縁と思える何かにしがみつく、そう言えば少し違う。むしろ、自分の生きた過去の中に、機縁と思える何かを見つけて一つの場所を故郷とし得た者は、幸福かどうかは別として、語るに価する生を生きるのだろう。

（初出：『同時代』第三十六号「黒の会」、舷燈社、二〇一四年六月）

『ウォールデン』——宇宙の一点に仮住まいする雄鶏の声

ソローを骨ばったある種の道学者としてではなく、また人間中心主義を超えたエコロジーの思想家としてでもなく、瑞々《みずみず》しい隣人として語ることはたやすくない。『森の生活』という題名で知られる『ウォールデン』について考える入口として、まず「先住者たちと冬の訪問者たち」の章の、ソローが一羽の梟《ふくろう》と向き合う箇所を挙げてみよう。周知のようにソローは一八四五年から一八四七年まで二年ほどを、コンコードのウォールデンの湖畔に小屋を建てて住んだのだが、雪の降り積もった真冬の午後に、木の枝にとまった一羽の梟に行き遭う。

ある日の午後わたしは、ストローブ松の低い枯れ枝の幹に近いところにとまっているアメリカフクロウを観察して愉しんだことがあった。真昼の光のもと、わたしの立っている場所から五メートルも離れていなかった。わたしが動いて脚で雪を踏みつける音は聞こえても、彼にははっきりわたしの姿は見られなかった。一番大きな音を立てたときは、首を伸ばしその部分の羽を逆立てて、目を大きく開いた。だが瞼《まぶた》はすぐに下ろされてこっくりとし始めた。半時間ほどずっと彼を見つめ続けていると、わたしも眠気の作用を感じ始めた。彼は猫かその翼ある兄弟でもあるかのように、目を半分開いたままでじっとしていた。両瞼の間には細いスリットがあるだけで、それによって彼は、わたしとの半島状の関係を保っていた。そのまま半ば閉じた眼《まなこ》によって、彼は夢の邦《くに》から外を眺め、夢想をさえぎる漠とした物体か塵であるこのわたしを、なんとか認識しようとつとめていたのだった。

半時間じっと立ち止まって梟を見つめたあげく、相手の作用を蒙《こうむ》って、眠くなってくる。半ば閉じた眼によって梟が辛うじて保つ自分とのつながりを「半島状の関係（a peninsular relation）」と呼び、夢うつつの梟の側から見られた自己の存在を「漠とした物体（vague object）」と呼ぶ。この束の間の交わりを愉しみとして記すソローの筆致にはほら話のようなユーモアがある。梟に限らず、栗鼠やウッドチャックのような動物、松の樹のような植物にいたるまで、ソローがウォールデンの森の中で向き合う生命体は数多い。重要なことはそうした遭遇の場でしばしばソローが受け身であることだ。それは彼の、外部の命への開かれの姿なのである。

「より高い法則」の章で、ソローは「ある日わたしは、イノシシの下顎を拾ったことがある。白い丈夫な歯と牙が付いていた。それは精神的なものとは異なる動物的健康と活力の存在を示唆するものであった」と言っている。「精神的なもの＝霊的なもの（the spiritual）」を度外れて重んじた超越主義の圏域の只中《ただなか》で、ソローだけがこうした感覚を記すことができた。ここでソローは自分とは異なる逞《たくま》しい確固としたイノシシの骨の存在に打たれて、その他《た》なるものの衝撃を快く迎え入れているのだ。「当時もいまも多くの人びとと同じように、わたしはより高い、言うところの精神的な生活へと向かう本能を自分の中に見出すが、他方でもう一つの、原始的で下等で野蛮な生活へ向かう本能をも見出す。わたしはそのどちらも尊重する」と彼が書くとき、そこには人間を、精神的な方へ向かう方向と野生の方へ向かう方向の、階梯《かいてい》の中間に位置して常に度合の差を動くものとして捉えるまなざしがある。人間が精神性の高みへと向かうとき、それは身体的な弱さをもたらすような勝利として認識される。「たとえその結果身体の虚弱にいたろうとも、それを悔やむべきものだとは誰にも言えないだろう。なぜならそれがより高い法則に順応した生き方であるからだ。もし昼と夜が歓びで迎えられるほどすばらしくなり、生活が花や芳香のかぐわしいハーブのような香りを発するものになり、もっとしなやかに、もっときらめき、もっと不滅なものになるとしたら——それこそが君の成功なのだ」とソローは言う。そこでは彼は、spiritualなものをあくまでも、（強壮さとは別の）身体の次元で構想していることになる。言い換えればそれは、身体感覚にもとづく、自己のリニューアルなのだ。「孤独」と題された章の冒頭でソローは「今日は甘美な夕べだ。全身が一つの感覚になり、あらゆる毛穴を通して喜びを吸い込んでいる」と書き、「風に吹かれるハンノキやポプラの葉への共感で、わたしは息ができなくなるほどだ」と言っている。そこでもからだ全体で感じる認知が問題だった。

「孤独」の章でソローは、人間の社会的交わりとは別な、自然における society（交流・社会）があると語る。「ときおりの経験から知ったのだが、最も気持ちがよくやさしい、汚《けが》れがなく励ましになる交わり（society）は、どんな自然の事物の中にも見出せるものだ。」ここからきわめて彼独特な思考の道筋が現れる。あるとき、健全で健康な生活のためには、近くに人がいなければならないのではないかという想いに捉われたが、それは「かすかに狂気じみた気分」のせいだったとソローは言う。「そうした想いに捉われているときにも降り続いていたやさしい雨の只中で、わたしは突然、〈自然〉の内にこんなふうに快く慈悲深い交わりがあることに気がついた。雨つぶの降るその音に、わたしの家の周囲のあらゆる音と眺めに。かぎりない、言いようのない親しみが突然、大気のようにわたしを支え、人間が傍にいるのが好都合なことではないかといった空想を、無意味なものにした。」――静かに降る雨音が自分を正気に立ち返らせたと語られているのだが、それは、隣人の存在を不要と見なす確信を強める働きをする。エマソンと異なり、ソローは生涯独身で、職業に縛られることもなく、いわば身軽な人だった。エマソンにとって society はおおむね人間のコミュニティのことであり、社会の只中でのひとのふるまい方（conducts of life）が中心の課題だったが、その点ソローはきわめて対照的だ。そこからソローならではの人間社会に対する相対化の視点が生まれる。ソローのラディカリズムは徹底したものであり、だからこそ「市民の不服従」をはじめとする政治的な文章は一方でアナーキズムの源流にもなり、他方でガンジーやキングに社会的制度を根底的に捉え返す視座を与えることができた。それは一八五三年一月三日の日記の言葉を使えば、「アウトロー」の視点だった。（「わたしには自分だけの部屋がある。それは自然である。それは人間の政府の管轄が及ばないところだ。君たちの法律を超えたところに平原がある。自然は無法者（outlaw）のための平原だ。」）人間の法が残酷さや抑圧を含んでいる場合には、法そのものがおかしいのだという視点こそ、ソローが後世に伝えた最大のメッセージだったかもしれない。インディアンや黒人奴隷、貧しい移民などに対する彼のこだわりも、社会の抑圧を作り物の装置と見る視点によって培われた。人種的な差異そのものが人為的な作りごとだからだ。

ソローが『ウォールデン』でしたかったことの一つは、彼の言葉を借りれば雄鶏《おんどり》のように「目覚めよ！」と告げることだった。「わたしは失意のためのオードを書きたいのではない。むしろとまり木の上の雄鶏のように元気よく自慢したい」と彼は言う。あらゆる人間的制度を自然の側から一時的な作りごとと見なすソローの雄鶏としての身振りは、男性的で戦闘的な声を響かせる。『ウォールデン』ではいつもソローは確信を抱いた者のように、またしばしば託宣を授かる預言者のような口調で語るために、弱く不安定な自我の持ち主や男性性が強く断言を好む人にとって、ソローの声に同調することは心地よいだろう。だがわたしの感覚で言えば、ソローはむしろ〈村はずれの奇人〉とも、或いは“a fool on the hill”とも呼ばれていいという気がする。その声は、ソロー自身が言うように「度を–はずれた」声だった。「わたしが最もおそれるのは、自分の表現が十分に度を–はずれた（*extra-vagant*）ものになっていないことだ。自分の日常経験が抱える狭い限界から十分に遠くさすらい出ていないかもしれないことだ。そのためわたしが確信してきた真実を十分に表現できていないかもしれないことだ。……わたしはどこか限界を超えたところで語りたい。目覚めた瞬間の男が他の目覚めた瞬間にある者たちに語るように。なぜならわたしは、真の表現の基礎を築くためなら、どれだけ誇張してもかまわないと確信しているからだ。一節《ひとふし》の音楽を聞いた者なら、誰が度を越した話し方をすることを再びおそれるだろうか？」この引用の文章だけからでも、ソローがここで言う「一節の音楽」が聞こえてくるようだ。「もしわたしたちが、避けられないもの、存在する権利のあるものだけを尊重すれば、音楽と詩が町に響き出すことだろう」とソローは言うが、確かに彼の「一人称単数」が奏でる音楽には、道行く人をしゃきっとさせるような独特の力がある。
一つにはそれは、ソローが「真理」を、誰にでもその気になれば体感でき、〈いまとここ〉に見出せるものと考えていたからだろう。それは普通の人びとを励ますものなのだ。

人びとは真理を遠いものだと思っている。宇宙の縁《へり》や最も遠くに光る星の向こう側、アダムが生まれる前や地上最後の人間のあとに見られるものに。……だがそれら時と場所と機会はすべていまとここにある。神自身も現在この瞬間に絶頂に達しており、今後のどんな時代の流れにあってもいまより神聖になることは決してない。だからわたしたちは、周囲をかこむ現実を自らにたえずしみ込ませそれでずぶ濡れになることによってのみ、何が崇高で何が高貴かを会得することができる。この宇宙はわたしたちの考え方にたえ間なく従順にこたえるのだ。

ここには、「宇宙」の側からあらゆる個別の時空を相対化し、その上で自分がいる〈いまとここ〉を「真理」と直結したものと捉える、ある種の抽象力がある。その力はひとを生活の場と結びつけるもろもろの関係の網の目を、生活ではなく〈人生〉としての life の概念によって、断ち切るところから来る。有名な一節をあらためて引けば、「わたしが森に行ったのは、熟慮しながら生きたいと願ったからだ。人生の本質的な事実のみと向き合いたかったからだ。そして人生が教えねばならないことを学び、死ぬときになって、自分がしっかり生きることをしなかったと知る破目にならないためだった。わたしは人生でないようなものを生きたくなかった。生きることはそれほどたいせつなのだ。わたしは諦念を身につけたくなかった。どうしてもやむをえないときを除いて」とソローは言うのだが、これから自分の人生を拓いていこうとする若者だけでなく、自己の置かれた現状やこれまでの人生をあまり肯定できないようなときに、誰でもがこうした言葉の訴求力を深く感じることができる。何が人生の「本質的な事実」なのか、「熟慮しながら生きる」とは何か——実はそれは『ウォールデン』の全体を通じて示唆されているので、その総体との連関でこの文章を捉え返すためには、抽象ではない長い読みの時間が必要になる。そうした手間ひまをかけないままでも、ソローの言葉には力がある。人生を simplify せよ、重い荷物は捨てていこう、necessary なものだけでいい——そうしたソロー的なメッセージは、それ自体、不本意な生を強いられて生きる人びとの気持ちを軽くするし、ある種の(物質的な)豊かさを求めなくてもいいのだと思い切ることを後押しする。昨年(二〇一一年)の福島の原発事故(と電力不足の事態)のあとにソローが訴求力を持つのは、要らないものは要らないと心底考えることができれば……というわたしたちの希いと結びつくからだ。

ソローの抽象力は意識せずに営まれる〈日常〉を断ち切る力である。日常はすべて断ち切られればよいわけではもちろんないし、無意識に持続されてきた日々の暮らしこそ尊いと見なす価値観は、決して否定されるべきではない。だが、ソローの〈リセットする作用〉が切実に求められる時と場合というものが、確実にあることも疑えない。たとえば今年(二〇一二年)のパラリンピックの開会式では世界人権宣言のテクストが会場中心に大きく置かれていた。ありのままの現実を断ち切り、身体にハンディキャップのある人びとが「みんな同じ〈人間〉なのだ」という抽象の思考の力を武器（あるいは支えの杖）にして周囲の社会と闘うことには、深い道理がある。そうした場合、人種差別の場でも同様だが、〈日常〉はあえて抽象力、つまり〈人間〉という概念の作用によって乗り越えられねばならない。ここはとりわけ独立宣言の思想を根幹に持つアメリカ合衆国の文学が、非常に大きな働きを発揮するところなのだ。

しかしソローが断ち切るものは自己をとりまく諸関係（外的な社会）だけではない。これが自分だと思ってきた習慣や蓄積もまた一旦否定される。

わたしたちが完全に迷子になるかぐるっと一回転されるまでは――というのもひとがこの世界で迷子になるためには両目を閉じて一度体を回転されるだけで十分だからなのだが――わたしたちは〈自然〉のひろがりも不可思議さも理解できはしない。すべてのひとが眠りからであれ放心からであれ目覚めるたびに、コンパスの指す方位をあらためて知らねばならない。迷子になって初めて、言い換えればこの世界を失って初めて、わたしたちは自らを見つけ始める。そして自分の居場所と自分をとりまく関係の無限のひろがりに気づくのだ。

ソローが真に自己を基づけたいと思うのは「自然」においてだから、人為的な次元にあるすべてのものとしての「世界」は、自らを発見し始めるためには失われねばならず、いままでの自分というものも失う必要がある。そうしたロジックにおいて、自己とは諸々の人間関係の網の目の中で動揺する情《じょう》の存在ではない。この点がソローを考えるときに最も深くこちらに突き刺さってくるポイントなのだ。彼は自己をも次のように相対化する。

思考するとき、わたしたちは健全な意味で我を忘れることができる。頭を意識的に動かすことで、わたしたちは行動とその結果から離れて立つことができる。そのとき善いものも悪いものもすべてのことはわたしたちの傍らを奔流のように流れ去っていく。わたしたちは〈自然〉にすっかり巻き込まれなくなる。わたしは川に漂う流木でもあり、それを空の上から眺める雷神インドラでもある。わたしは劇場の演《だ》し物に心動かされることができるが、逆にもっと自分の身に関わる現実の出来事には動かされないこともある。わたしは自分のことをただ一個の人間的実在として知っているだけだ。言ってみればそれは、思考と感情の舞台なのだ。わたしが感じているのはある種の二重性であり、それによってわたしは、他人からだけでなく自分からも離れて立つことができる。自分の経験がどれほど強烈であっても、自分の中に、自分の一部というよりもいわば観客として、経験を分かち合わないままそれを記録しているような部分が存在し、批評しているのをわたしは感じる。それはあなたでないのと同じくらい、わたしでもないものだ。人生の芝居、それは悲劇であるかもしれないが、それが終わるときに観客も立ち去っていく。

自己そのものを思考と感情の演じられる舞台のような場だとして、もう一人の自己がそれを観客として見ている。その観客は、もはや〈わたし〉でも〈あなた〉でも誰でもない次元の、誰のものでもあるような部分であり、自己の感情が「悲劇」として感じることが起こっても、決して動かされない。これはたとえば宗教者には普遍的に備わっている要素かもしれない。ここでは自己は人間の側ではなく〈自然〉の側に立っている。

だから、自然災害のようなものに遭遇しても、一喜一憂することはない。「わたしたちは自然についていくら経験しても足りない。無尽蔵の活力、広大で巨人的な地形、難破船の打ち上げられた海岸、生木と枯木の原野、雷雲、三週間降り続き氾濫を引き起こす雨、それらの光景を見て、わたしたちは元気にならねばならない。わたしたちは、自分の限界が踏み越えられるのを目撃する必要がある。」自然を人間の規準から測ることに抵抗しているソローは続けて言う。「肉の雨、血の雨が降ったこともある！　事故はいつも起こり得るのだから、わたしたちはその説明がほとんどできないことを理解しなければならない。賢者が抱く印象は、万物の無垢ということだ。毒は結局は毒でなく、いかなる傷も致命的ではない。同情はひどく住むに適さぬ土地なのだ。」こうした視点から見れば、昨年の地震と津波もまた無垢なるものが示す人間を越えた動きにすぎないだろう。『ケープ・コッド』の冒頭部分、ボストン付近の浜辺で、嵐で遭難したアイルランドからの船の残骸と多数の遺体にソローが行き遭う箇所がある。そこを読むと、ソローが難破して死んだ者にも、死者にとりすがる家族の悲しみにも、ほとんどまったく同情の念を示していないことに軽い衝撃を受ける。だがそれも、『ウォールデン』のこうした箇所と呼応した彼の反応なのだ。個人的にはわたしはソローのこの部分にはついていけない。もっと柔軟にひとの悲しみに寄り添い得る方がいいし、それが仮に人間中心主義と呼ばれてもかまわない気がする。しかしあくまでも〈自然〉の側から人間を捉えるソローの思想の厳しさに、価値がないなどとは言えない。ソローなら仮に大津波で自らの家族が死ぬことになっても、それを恨むことはないだろう。人生を悲劇と見てしまう人間の内面に寄り添わないのは、そうした感情が自己の内部に起こっても、それに取り合わないだけの自分への厳しさがあるからだ。ソローは津波のあとの海から、たぶんいつでも「前へ！」という声を聴きとるのだろう。

コンコードはソローの生まれ故郷であり、一時的な滞在や旅を除いて彼は、終生コンコードを中心とするマサチューセッツ州から離れなかった。「四歳のときボストンから生まれ故郷のこの町に、まさにこの森と野原を通ってこの池に連れてこられたのを、いまでもよく憶えている。それはわたしの記憶に刻まれた最初の光景の一つだった。そして今夜、わたしの笛は、同じ水面の上でエコーを呼び覚ましている」という言葉からは、ソローにとってウォールデン湖が、どれほどかけがえのない場所であったかが伝わってくる。『ウォールデン』のいたるところに、この地に対するソローの愛着や讃嘆の念が溢れている。だがそれはソローにとってはいわゆる〈郷土愛〉ではなかった。

土地も時代も変化したが、わたしは歴史上最も自分を惹きつけた宇宙の部分と時代とに身を寄せて住んだのだった。わたしが住んだ場所は夜毎天文学者が見る多くの領域と同じくらいひとから離れたところだった。類まれな並外れてすばらしい場所は、宇宙のどこか遠い、より天上的な片隅にあるもの、「カシオペアの椅子」の星座の背後のような、喧騒と混乱とはかけ離れたところにあるものとひとは思いがちだ。わたしが発見したのは、それほどにも人里離れた、しかし永遠にあらたで汚《けが》れない宇宙の部分に、わたしの家が建っていたということだった。

個人の内面から見ればそこは故郷だが、自分ならぬもう一人の自分から見たときにはそこはあくまでも宇宙の一点である。そんなふうに一度捉え返した上で、故郷は肯定される。「天地万物のそのような部分に、わたしは無断居住（squat）したのだ」とソローは言うが、ここでは他人の土地や官有地にいすわるという意味の squat という動詞が重要だ。たまたま故郷であった一点の場所に、定住するというよりは〈仮住まい〉することこそ、ソローの望ましい選択肢なのだ。

宇宙の一点としての場所はしかし、故郷である必要はない。ソローが強調するのは、蘇生した死者の感覚である。「目覚めたり蘇生したりできると言われた死者は、あらゆる時代と場所の違いにこだわらないだろう。それが起こり得る場所はいつでも同じで、全身の五感にとって言いようもなく心地よいものだろう。たいていわたしたちは、ただ隔たった束の間の境遇だけが好機をもたらすと考えてしまう。それこそ実はわたしたちの気を散らす原因なのだ。あらゆる事物の最も傍に、それらを形づくるあの力が存在する。わたしたちのすぐ隣で、最も偉大な法則がたえ間なく遂行されている。」どんな場所も、一度死んで蘇った者の感覚には瑞々しい。その体感の中に、自らのすぐ隣で活きて働いている法則の作用が認められる。それが偶然に生まれ故郷であればそれでよし、その場所が別のところで見出されるなら、そここそがその人にとって宇宙である。「目覚めよ」というソローの雄鶏の声が示すのはそのような場所への感覚で、〈故郷〉が人間中心の認識の産物であるとすれば、そこを人間のものだと思わないままに、いっときそこにsquatできればいい、というよりそれが一番なのだ。ソローにルサンチマンなくそう思わせていたものが、冒頭でわたしが語ったような、生命に対する自らの開かれなのだった。

（初出：『同時代』第三十三号「黒の会」、舷燈社、二〇一二年十二月）

フラジャイル・ホイットマン

ホイットマンは長生きをして詩をあまりに多く書きすぎた、そんなふうに思うことがある。『草の葉』初版を一八五五年、三十六歳で出してから最晩年の七十二歳まで、ひたすら同じタイトルの本を拡大し拡張し続けたからだ。結果的に翻訳なら岩波文庫で三冊分、言葉も詩作品も蜿蜒《えんえん》と連なって、どのページも奇妙に似た感じ、機械的なとさえ思えるような、平べったい感じを醸し出す。それを退屈だと感じる感覚は健康なものではないかと感じる。けれども、そう思った途端、それとは逆の見方が浮かび上がってくる。どこからどこまでなんていうケチ臭い区切りなどつまらない。選りぬきの宝石のような詩を尠《すく》なく配置した、美しい薄い詩集など、〈アメリカ〉には似合わない。広大で茫漠としたアメリカ大陸の拡がりそのもののように、ときとして退屈な御託や誇大妄想的な長広舌を、読者を聴衆として「君たち（you）」と呼びかけ、なんでも嚙み砕き包含する、人間のプロポーションを超えた巨人のような詩人、そのエンドレスでオン・ザ・ロードな声。他のどの国・地域・文化にもない領土が本の中に広がっていて、いつも読者は方位を見失い、さまよう、それこそすばらしい。そう、たとえばドゥルーズ＝ガタリの「リゾーム」のように、それをツリー状でない地下茎状の、どこから読んでどこでやめてもいいルーズリーフのような本として称揚する視点は、確かにある。そう思ってもしかし、そのあかるく平坦な地平を、いつでも心底愉しんでいられるわけではない。

もちろん、実際には個々の詩をよく読めばいい。詩集の総体としてのイメージではなく、作品の言葉を読み解く、それしかほんとうにはすることはない。ホイットマンといえば、お上品な文化伝統に抗するように、「荒くれ者（roughs）」の一人としてアメリカの民主主義の理想を謳い、その現実のさまざまな相を（奴隷、娼婦、インディアン、南北戦争を含めて）詩にした詩人。プラトニズム的な精神の優位に対して肉体の価値を称揚し、性愛を含めたエロティシズムを肯定し（「アダムの子どもたち」）、ホモセクシャルな主題を初めて取り上げ（「カラマス」）、個体の死を超えた宇宙の根源を謳い上げた、新しい聖書を提示する預言者。そうした視点は必ずしも間違っているわけではない。しかし、ハードな外殻《シェル》の武装を解いてみれば、その下には、瑞々《みずみず》しくてやわらかい、震えるような感性が横たわっている。tender で fragile な主体が、実はホイットマンの真価だ。それはとりわけ、一八六〇年、『草の葉』第三版で初めて公にされた詩群、「カラマス」において窺われる。（第三版は『草の葉』が一応の完成形をみたエディションで、その後南北戦争詩群やつれづれに書き足した詩を加えていくにつれて大きく組み替えられたが、おそらく初版とともに、最も意味深い版だ。）

◆

ホイットマンの神髄。わたしはそれを次の「カラマス」詩群の一篇に見出す。一八六〇年版では第一一番になる詩で、次の第四版（一八六七年）で「一日の終わりにぼくが聞いたとき」というタイトルが付された以外は書き変えられなかった詩だ。やや長くなるがこれだけは省略せずに引用させていただきたい。（以下第三版の引用はすべて *Leaves of Grass, 1860: The 150th Anniversary Facsimile Edition* (University of Iowa Press, 2010) より。）

一日の終わりにぼくが、議事堂で自分の名が喝采をもって迎えられたと聞いたとき、それに続く
夜はぼくにはしあわせではなかった、
また飲み騒いだときや計画がうまくいったときにも、ぼくはしあわせではなかった、
けれども夜明けに完璧に健康で、爽快な気分で、歌いながら、秋の熟れた息を吸いこんで起床し
たとき、
西空にかかった満月があお白く薄れ、朝の光の中に消えていくのを見たとき、
ひとりきりでビーチをぶらついて、服を脱いで水浴びし、水の冷たさに笑い、太陽の昇るのを見
たとき、
そしてぼくの大切な友、ぼくの恋びとがいま、ここへやって来るのを想うとき、ああ、そのとき
ぼくはしあわせだった。
ああそのとき呼吸のすべてがかぐわしくなり――その日いちにち食べ物はいつもよりもっと身に
なって――やがて美しいその日がきもちよく過ぎて、
次の日もひとしい歓びでやって来た――その日とともに、宵に、ぼくの友がやって来た。
そしてその夜、すべてが静まって、波がゆっくりと、たえまなく岸辺にうねり来るのをぼくは聞
いた、
液体と砂とがしぃっとさらさら擦《こす》れるのが聞こえ、それはささやきながら、祝福のためにぼくに

向かっているようだった、
だっていちばん愛するひとがぼくの横で横たわり眠り、冷たい夜気の中でひとつのカバーをともにしていたのだ、
静けさの中で、秋の月の光の中で、彼の顔がぼくの方に傾いて、
彼の腕が軽くぼくの胸を抱いていて——そうその夜にぼくはしあわせだった。(357-58)

議事堂でということはつまりパブリックな栄《は》えある場で、自分の名が称揚されてもしあわせではない、ひとりで、からだがすこやかで、秋の空気でリフレッシュして、夜明けの薄明に目覚め、或いは満月が払暁の空に消えかかるときや、ひとりっきりで浜べをぶらついて、衣服を脱いで水に浸かり、朝陽を浴びるときに、しあわせがある。なによりも、「ぼくの大切な友、ぼくの恋びと(my dear friend, my lover)」であるひとがもうすぐ来るんだと思うと、ゆっくり命が漲《みなぎ》るようなしあわせを感じる。ここではまず「ぼくの大切な友」の語が出てくることが重要で、それがすぐに「ぼくの恋びと」と言い換えられるのだが、到着することになる男性の相手を、詩人が「恋びと」と呼ぶとしても、ふたりが実際に肉体的に性交する関係にあるかどうかは不明のままで、それはあからさまな表現が当時は認められなかったことへの配慮だというより、ホイットマンにとっては文字通り「ぼくの大切な友」とまず認識されていることを意味していた。過去にたぶん最もしあわせだった一日、そう、ルー・リードの「パーフェクト・デイ」のような感じかもしれない。ここでは相手が来る前日と当日だから実際

には二日になるけれど、その感覚はその後も続く。

これがホモセクシャルな肉体関係にある恋人であってもなくても、実は本質は変わらない。実際に性行為をしたとしても、ホイットマンはその行為の最中の肉体的な快楽を「しあわせ」の中に入れておらず、むしろその相手と会う前の、待っている静かな時間の方にこそ焦点が合っている。そしてそれを記述する言葉、「けれども夜明けに完璧に健康で、爽快な気分で、歌いながら、秋の熟れた息を吸いこんで起床したとき、／西空にかかった満月があお白く薄れ、朝の光の中に消えていくのを見たとき、／ひとりきりでビーチをぶらついて、服を脱いで水浴びし、水の冷たさに笑い、太陽の昇るのを見たとき、」という三行に、ホイットマンの神髄がある。身体が澄み切ってゼロになるような感じ。強い真昼の陽光ではなく、薄明や薄らぐ満月の蒼じろさの方が、そして夜が朝になりゆく移行のほんのひとときの淡い頃合いの方がよい。そのとき彼の身体と世界とがきれいに交わっている。まだ誰もいない汀《みぎわ》の水と砂のあわい、裸の身体がすぐに昇る太陽と交流する。このやわらかくてやわい状態の寛《くつろ》ぎは、すぐに消えてしまういわば感覚の上澄みのようなものだ。それが自分にとって大切なひとの、隔たっていても及ぼしてくる作用、そのひとの存在感によって自己の心身の内に広がる、世界との和解の情動からやって来る。この場合その相手は、ホモセクシャルな性愛のメイトでももちろんいいけれど、そうである必要はなくて、ヘテロセクシャルな異性愛の対象でもいいのだし恋愛対象でさえなくていい。なんとなくいいなと思い、一緒にいたいなと思えるひとであればそれでいいはずだ。

こうした感覚がホイットマンの芯に触れていることを、「ぼく自身の歌（Song of Myself）」から確認してみる。セクション五に当たる部分、初版では七五行目から八一行目までが、重要な部分になる。（以下初版からの引用はすべて *Leaves of Grass: The First (1855) Edition* (Penguin Classics, 1976) から。）

あの草の上をぼくとぶらぶらしよう・・・君の喉から栓をはずして、
ほしいのは言葉じゃない、音楽でも韻律でもない・・・習慣でも講義でも、最上のものでもない、
ただ子守歌だけが好きだ、バルブ調節された君の声の鼻歌が。

六月、透き通った夏の朝に、ぼくたちは一緒に寝ころんだね、
君は頭を斜《はす》かいにぼくのヒップに載せてやさしく寝返ってぼくを見た、
そしてぼくの肋骨からシャツを開いて、その舌をむき出しの心臓へと刺し入れ、
ぼくの髭に触れるまで手を伸ばし、ぼくの足を持つまで手を伸ばした。（28-29）

草の上で好きな相手と一緒に何もしないでいる。「透き通った夏の朝」であるということが大切な点だ。回想の中でふたりは性的といえば性的な行為をしているとも言えるけれども、むしろそれ以前の

抱擁の仕草で、「肋骨（bosom-bones）」や「心臓（heart）」といった単語は、この抱擁が現実のものではなかったかもしれない可能性さえ仄めかしている。そこから次の聯で詩人は「すばやくぼくの周りで生じて拡がっていくのは安らぎ（peace）と歓びと知覚、それらは地上のあらゆる技術や議論を超えている」と続けていくのだから、実際の性行為が問題になっているのではない。性行為自体の、その〈最中〉の充実・横溢の感覚ではなく、六月の澄んだ朝の、静かに抱擁している感覚それ自体が、あらゆる言説、あらゆる韻律を超えたものなのだ。「ぼくとぶらぶらしよう（Loafe with me）」のカジュアルで寛いだ感じが大切で、"loafe" の頭文字エル（l）から、次々行の "Only the lull I like"（「ただ子守歌だけが好きだ」）のエルの音の繰り返しへと導かれるとき、ホイットマンのリラックスしてやわらいだ感覚が、「子守歌（lull）」の、音と意味の双方の示す、母の声を聴いている赤ん坊のような感覚へと移りゆく。強く押すと潰れそうな小さいやわらかい体感は、先に見た「カラマス」の詩と同質のものだ。「ぼく自身のうた」でいえば、第二五セクションの一行、「夜明けの静けさと涼しさ（the calm and cool of the daybreak）の中でぼくたちは自らの魂 (soul) を見つけ出す」(50) や、第三〇セクションの中の二行、

論理も説教も決して説得しない、
夜の湿り気の方がずっと深くぼくの魂へとぼくを入らせる。（54）

にも同質の感性の働きを感じとることができる。「夜の湿り気（damp）」は必ずしもさわやかなものではないが、ホイットマンにとっては、体に染み込んでくる心地よいものだったのだろう。「ぼくの魂（my soul）」とあるように、ホイットマンの人体の中には、或いは中にと言うよりそれと重なってかもしれないが、自分のエゴ、我執を抱く自我とは異なる「ソウル」がある。それは自己の中のよりよき自己でもあり、世界と共通の特質でもあるようなのだが、そこに深く入り込める感覚があるのだ。或いは、エゴとは違う自己《セルフ》が発動する感覚の条件があると言ったらいいだろうか。

そこから考えると、「ぼく自身のうた」冒頭のよく知られた五行もまた、この感覚とつながっていると思われてくる。ホイットマンは後《のち》にこの五行を第一セクションとしてひとまとまりにした。

ぼくは自分を祝福する、
ぼくが思うことを君は必ず思う、
ぼくに属してる原子はすべてちゃんと君にも属してるから。

ぼくはぶらついてぼくの魂を招く、
ぼくは気楽に寄りかかりぶらつく・・・夏の草の一本の芽を見つめて。（25）

劈頭の聯は自己と他者（「ぼく」と「きみ」）が組成において同じであること、つまり民主主義における平等という価値を唱道する箇所だけれど、ポイントになるのは第二聯だ。「僕の魂」をinviteする感覚は、ぶらついているときの、「気楽な（at my ease）」感覚であり、そのとき詩人は「夏の草の一本の芽」をじっと見ている。この時間が真昼である可能性は排除できないにしても、朝の清々しい時間であると想像することも許されそうに思える。ここには独特の身体感覚、体感が存在する。それもまた「カラマス」のあの詩の世界とつながっている。「ぼく自身のうた」冒頭のこの箇所によれば、その体感は詩集『草の葉』を貫くデモクラシーの理念を誘発し、支え、それに実感を与えるものだと言ってよさそうだ。

◆

「カラマス」詩群を更に探っていこう。第三版では第四番にあった詩（「春にこれらを歌いながら」）では、詩人は友愛をともにする仲間（comrades）のために、ひとりでその合図の品（token）となるカラマスの根を集めようとする。詩人はいつの間にか誰もいない森の中へと入っている。

奥へ、森の奥へ、行き先さえ思う間もなく、
ひとりきりで、土の匂いを嗅ぎながら、ときどき沈黙の中で立ち止まり、
ひとりでいると思っていた――でもすぐに物言わぬ群れがぼくの周りに集まってくる、

ぼくと並んで歩く者たちや後ろをゆく者たち、ぼくの腕を或いは首を抱きかかえる者たち、
彼ら、死んだ或いは生きている友らの霊は――どんどん密になり大群衆になり、ぼくはその真ん
中にいる、
集めて、分配し、春に歌い、そこでぼくは彼らとともにさまよう、（347）

いつしか詩人は友たちのスピリットに囲まれているのだが、外側から見れば、もちろん彼はたったひとりだ。ひとりのときに、或る感覚がやって来る。その感覚こそ民主主義の理想と結び合っているとホイットマンは言いたいのだが、わたしが大事だと思うのは、「ひとりでいると思っていた――でもすぐに物言わぬ群れがぼくの周りに集まってくる、」という一行なのだ。森の奥の土の臭い、森の静けさを体感することによってのみ、この友愛の絆は確認される。それは、密《ひそ》かで静かな場所で得られるソフトな感覚である。

六〇年版「カラマス」第三番の詩、「誰であれいまぼくを身近にとどめている君に」では、「ぼくは君が考えてきたようなものではない、まったく違う」（344）と読者に語りかけたあと、わかっていないならあなたは手をぼくから離して、立ち去ってくれ、さもなければ、という。「さもなければ、ただこっそりと、どこかの森で、こころみに、／それとも岩のうしろで、開《ひら》けた空のもと、／……／ただできれば小高い丘の上で君と――最初に誰も、周り何マイルでも、密かに近づこうとしてないか注意して」、そこでならぼくは君の「あらたな夫（the new husband）」かつ「親友（the comrade）」に

なろうと（345）。

　こんなふうに、君に触れていることだけで、ぼくには充分だ――最高だ、
　こんなふうに、君に触れていることで、ぼくは静かに眠れて、彼は永遠にぼくを支えた。（346）

試しに行ってみる森の中、岩の蔭、ほかの誰も来ないと確認できる小高い丘で、ただ触れているだけでいい、それ以上はなくていい、そのまま静かに眠っていたい。こうした箇所が示す、願望・欲求の言ってみれば淡い感覚。相手に触れている時間は永続しないけれど、それをまるで永遠であるかのように、はかなく過ぎ去る感覚を詩の中で永遠にするかのように、詩が書かれている。
　こうした体感は決して男同士の間にだけ、つまりホモセクシャルな情動としてだけ生じるわけではない。「アダムの子どもたち」の一八六〇年版第三番の長い詩（「電気を帯びた体を歌う」）は、ある「普通の農夫（a common farmer）」を讃える部分を含んでいる。そのひとは「齢八十歳を超えている」（294）のだが、詩人は読者に「君は彼と長く長く一緒にいたいと思うだろう――ボートに乗って彼の隣に座りたいと思うだろう、そうして君と彼が互いに触れ合えるように。」（294）と語りかけた直後にこう語る（第四版以降はセクションが分けられたが、三版まではセクション分けはなかった）。

　ぼくはわかった、好きなひとたちと一緒にいるだけで充分だ、

夕がたに止まって他のひとたちと同伴するだけで充分だ、
美しい、みごとな、呼吸して、笑っている肉体で充分だ、
その群れの真ん中を通る、或いは誰かに触る、或いは一瞬だけ彼か彼女の首の周りにふわりと腕
　をのせて——これならどうだろう？
これ以上の歓喜は求めない——ぼくはその中を泳ぐ、まるで海の中のように。（294）

自分が好きな者たちは、必ずしも性愛の対象となる男性だけではない。またここではその相手はひとりでなくてもいい。ただそうした人たちと体を接して、体に触れて、ほんの一瞬、ともに呼吸し、ともに笑えればいい。それ以上の歓びは求めない。それだけで「充分（enough）」だ……。それは、はかない体感の希求である。消えてしまいそうな、もう消えていてもおかしくはない瞬間的な歓びだ。

◆

それにしても、なぜホイットマンは幾度も「……だけで充分だ」と言うのだろうか。
愛する相手との関係が永く続くことはないからだ。或いは、相手との軋轢や葛藤のプロセスを抱えてその関係を築いていくことが、そもそも彼には難しかったからだ。それほどに、彼の自我が失意や嫉妬や焦燥にとらわれやすく、一対一の向き合いをするのが下手だったからだ。だから、ほんのひと

とき、相手との淡い接触があれば、それだけで充分と考えなければならなかった。
その事情を明かすものもまた「カラマス」詩群である。第三版では全四十五篇のうち終わりから二つ目、第四十四番に当たる詩、最終版では全三十九篇中二十五番目に置かれることになった短い詩がある。

ここにぼくの最後の言葉、最も惑わせる言葉、
ここにぼくの最も脆《もろ》い草の葉がある、けれど最も強く続く葉、
ここにぼくはぼくの想いを蔭のもとに置いて隠す——それらを露わにはしない、
しかしそれらがぼくを、ほかのどんな詩よりも露わにするだろう。（377）

七年後の第四版では一行目は削除され、この詩はグループの中ほどに紛れ込まされたけれど、当初は一行目が示すように、この詩は「カラマス」という詩群全体についての、詩人による総括的な意味合いを持つ詩だった。これらの詩群の中で自分の思考・思想・想いを蔭のもとに置いて隠す、しかしそれが『草の葉』すべてのどの詩より自分を露わにするだろう、とはきわめて正直な告白だ。「カラマス」の劈頭を飾る「誰も踏み入れない小道で」でホイットマンはそのことをいわば予告していた。誰も足を踏み入れていない場所、「この人目のつかない場所でならぼくは、ほかのどこでもしない応答ができる」（341）といい、

　ぼくの夜と昼の秘密を語るために、
　　僚友の必要性を祝福するために。(342)

と詩を締め括っている。「カラマス」詩群はシークレットを明かすものだ。ホイットマンが隠しながら露わにせざるを得なかった秘密があった。その中には、なぜ彼が「僚友(comrades)」を「必要」とするかの理由とも言える、自我のネガティヴな様相が、生々しく描き出されている。それは自身に恥ずかしさを覚える、"ashamed" な状態になることだった。

　この点でわたしが最も重視するのは、第三版第九番、「長く続く、痛ましい心重い時間」で始まる詩だ。ホイットマンはこの詩を次の六七年版以降は削除し、実際にそれを隠してしまった。それは「たそがれの時間、ぼくはひとの来ないさびしい場所に引きこもり、ひとり座って、頬杖をついた」、そのような時を語る。

　落胆させられ、かき乱された時間——そのひとなしでは満たされない相手のため、すぐにぼくなしで満たされていくのをぼくが見るその相手のため、
ぼくが忘れ去られた時間、(おお何週間も何か月も過ぎた、でもぼくは決して忘れることはない!)
憂鬱で苦しい時間!(ぼくは恥ずかしい——でもむだだ——ぼくはありのままのぼくなのだ)(355)

かつてホイットマンは、「ぼく自身のうた」の第四セクションに当たる箇所で、他人たちが決めつける自己は「ぼくそれ自身（Me myself）」ではなく、「ひっぱり合いとひっぱられ合いから離れて、ありのままのぼく（what I am）が立っている」（28）と書いていた。それは彼が「ソウル」と呼ぶ、普遍的で大きなものに拠って立つ自己だった。しかし「カラマス」のこの箇所の「ぼくはありのままのぼくなのだ（I am what I am）」は、自己肯定の言葉ではない。こんな自分は恥ずかしい、情けなく嫌悪すべきだけれど、そんな自分のありのままをとりあえず認めるしか仕方がないという、不承不承の開き直りなのだ。愛する相手がいまは自分のことなど忘れ去っているために、けれど自分は相手のことを決して忘れられないために、彼は苦しんでいる。「ぼくは恥ずかしい（I am ashamed）」は、初版『草の葉』以降ずっと公衆の前で保ち続けてきた、自信満々で自足して、聴衆みなに「ぼくと一緒に来い！」と呼びかけていた強いペルソナとは相容れない姿、弱い姿だ。この詩で詩人は、ほかのひとも自分と同じ感情を抱くだろうかと自問する。


彼もまたいまのぼくのようだろうか？　彼もまた朝目覚めた途端に、自分には失われてしまったひとを想って、惨めになるのか？　そして夜にも失われた人を想って目覚めているのか？

彼もまた友愛の念を物言わずはてしなく心にかき抱くのか？　苦悩と悲哀の念を抱くのか？

何かふと思い出させることや偶然の或る名前の呼びかけが、彼にまた痛みの発作をもたらして、

彼を黙らせ落ちこませるだろうか？（355-56）

あまりにも生々しい痛みの感覚が吐露されている。ホイットマンはこれを文字通り隠してしまったけれど、恥の感覚はほかの詩にも見られる。第三版第一五番の詩、次の版から「滴《したた》れ雫《しずく》」という題が付された作品は、自分の書く詩を「ぼくから落ちる率直な」「雫（drops）」と見なすものだが、「すべてのページを汚《よご》せ――ぼくの歌うすべての歌を、ぼくの発するすべての言葉を汚せ、血まみれの雫よ」とあるように、自分の言葉は自分が滴らせる血であり、それは白いページを「汚す（stain）」ものとされる。「お前たちの緋色の熱を知らせよ――それでページを輝かせよ、／お前たちでページをずぶ濡れにせよ、すっかり恥じて、濡れそぼって、」（361）――雫は濡れているばかりでなく「恥じて（ashamed）」いる。第三版第二番「ぼくの胸のかぐわしい草よ」（この詩はほぼ書き変えられなかった）は地中に埋められた死者の胸から生え出た草の葉を歌っているが、いつしか死者は自分になり、「そんなに恥じながらそこにとどまるな、ぼくの胸の草よ！」（343）と呼びかけられている。

第三版第一〇番、後に「後の世の記録者よ」と題されることになる詩では、後世の歌い手たち（bards）に、自分の肖像をこんなふうに掲げてほしいと呼びかける。記録されるべき自分とはどういう像か。

しばしばさびしい散歩を、大切な友人たち、恋びとたちを想いながら歩く者、
愛する相手から離れて、物思いに沈み、しばしば夜に、満たされず眠れずに横たわる者、

愛する相手が密かに自分に無関心になりはしないかという、苦しい苦しい惧《おそ》れを、あまりにもよく知る者、(356)

「苦しい苦しい惧れ(sick, sick dread)」と二度繰り返すのは珍しい。「この無感覚な外面の下」にある、ありのままの自分を、ホイットマンは表したかった。表したかったが、隠したくもあった。たとえば第三版第一六番の詩(「いまこれをだれが読んでいるか?」)を、彼は次のエディションから削除してしまう。いまこの詩を読んでいる者は自分の過去の人生での「悪しきおこない(wrong-doing)」を知っているひとかもしれない。或いは「ひょっとしたらぼくに対して戸惑うひとかもしれない。/まるでぼくが自分自身に対して戸惑うことがなかったかのように!/或いはぼくが自分自身を嘲笑したことがなかったかのように!」(361-62)――自己への嘲りを、ホイットマンはおそらく何度も知っていたが、そのことをやはり消し去ろうともした。

有名な「ルイジアナでぼくは一本のオークの樹が育っているのを見た」(第三版第二〇番)は、どんなcompanionもなくただひとり撓《たわ》むことなく生長する樹木を讃える詩だけれど、「生きている間はずっと、傍にはひとりの友も恋びともいないまま、悦ばしい葉を発し続ける」その樹を彼が羨《うらや》むのは、「自分にはそれはできないとよくわかっている」からだった(365)。せめてものよすがとして枝をひとつ折り取って持ち帰るとき、「小さいスパニッシュ・モスの葉(a little moss)を絡めて」おくのが、ホイットマンのホモエロティックな感性の徴《しるし》だ。その樹のように自足してはいられない自我の悩み苦しみがあるから、オークの樹になりたいという想いが生じてくる。だからこそ、「カラマス」最初の詩の末尾でいうように、彼にはcomradesが、ある種の集団的なイメージとして、切実に必要だった。

◆

「カラマス」で語ったようなcomradesとの関係を、ホイットマンはデモクラシーの基礎として、政治的に拡張しようとした。アメリカ合衆国が内戦に向かってゆく分断の時代に、対等で水平な民主主義的なつながりの形を具体的に提起したいという意図が、そこにはあった。しかし同時にそこには、ある種の混同があったと思える。好きな男性との間のきわめて私的でパーソナルな感情は、それ自体はプライベートな領域に属する。一方で『草の葉』初版以来彼がずっと実践してきた言葉が指し示すパブリックな領域があり、ホイットマンはアメリカを政治的にひとつの「想像された共同体」として描き出そうとしてきた。そこに齟齬《そご》が生じるのだ。

伝記的には、一八五〇年代後半、ホイットマンには「カラマス」で言及しているような、男性を相手にした個人的な体験が、実際の性交渉の有無は不明だが、あったと見られるようだ。そして彼は「カラマス」グループの元型になる十二篇から成る草稿を書いた。その草稿を、四十五篇から成る一八六〇年版「カラマス」と比較してみるのも興味深いことではあるが、そもそも十二篇の元型詩群においても、個人的な恋愛感情をめぐる失意や葛藤が語られているとはいえ、理想的な共同体へとつながるような関係もまた模索されていた。六〇年版「カラマス」は（本稿では取り上げなかった）アメリカ合衆国のデモクラシーのあり方を謳った詩を含んでいて、当初から方向性が違っていたようには見えない。

だからこそ、私的なものがそのまま無媒介に公的なものとつなげられる「カラマス」詩群では、ある種の軋みというか、つなぎ目のぎこちなさが生まれてくる。ホイットマンは第三版で初めて四十五篇の「カラマス」を編み上げたあと、七年後の第四版では、もうそこからいくつかの詩を削除することになる。けれど削除前の詩群が読めなければこのつなぎ目の妙なずれ具合が見えない、というわけではない。

ホイットマン自身は死ぬまでずっと、「カラマス」が同性愛を主題とした詩群であることを否定していた。ほんとうは彼は同性愛者だったのに（だったからこそ）むきになって否定していたのだという見方もある。詩人の意図としては、「カラマス」はデモクラシーの望ましい人間関係を個の次元まで降りて称揚するためにあったというのは、嘘ではなかったと思う。男同士が〈まるで恋人のように〉友愛の関係を保つことは、当時の公衆にとっては唾棄すべきソドミーではなかったが、同時代にも「カラマス」に同性愛の描写を読みとり、評するのもためらわれると受けとめた者もいた。ホイットマンが「カラマス」に隠したものが自身のホモセクシャルな性向だったと見なすかどうかは、読者の立ち位置次第ということになる。いや、というよりも、「カラマス」にはあきらかに同性愛的な側面があるのだが、主としてその観点から解釈することを何のために選ぶかが、読み手に問われているといった方がいい。二十世紀後半になってこの詩群がゲイポエムとして理解され、評価されていったのは、アメリカ社会における性的マイノリティの人権を認めさせるという政治的な動機から言えば当然だった。わたし自身は「カラマス」を、ゲイであれレズビアンであれヘテロであれ、ジェンダーの差異が決定的な分かれ目とはならない場所で受けとめたい。そこでもホイットマンが「カラマス」で何を隠したかったかはテーマになる。とても意味深いテーマに。

最も私的なものが最も政治的なものであるという一九六〇年代的な認識に立つなら、わたしの言う「カラマス」の内包する〈混同〉は、問題とはならないかもしれない。或いはその混同ぶりにこそ〈政治〉があるという話にもなってくる。しかし「カラマス」のさまざまな〈つなぎ目のぎこちなさ〉は、それ自体で、きわめて愛すべき、注目すべき特異点を成していると思う。ホイットマンはエクスクラメーション・マークをとても多用した詩人であり、いたるところでそれが現れるおかげで彼の詩はいかにも機械的に見えてしまうのだが、たとえばそのことによく顕れているように、声の大きい詩人だったのだ。メッセージの主張にせよ、詠嘆や感嘆にせよ、そんなに大声にならなくてもいいのに、としばしば感じる。けれど「カラマス」は違う。声の大きい、がらの大きい、民主主義の預言者詩人の強《こわ》面《もて》の下に、ホイットマンはもう一つの資質を隠し持っている。それは脆くて壊れやすい、やわらかでテンダーな、ちょっとのことにも繊細に震える、細い芯棒を抱えた主体のありようだ。それがあるからホイットマンは信じられる。それがあるから『草の葉』はすばらしい文学なのだ。

ホイットマンは後に自分の日記を書物として刊行するとき、*Specimen Days* という題を付けた。『見本の日々』とでも訳せるだろうか。生物の標本、一般的なものの見本、典型的な事例。「カラマス」もまた"specimen"として提示されていたのだ。それはホイットマンによれば民主主義的な理念の「見本」、「実例」になるはずだったけれど、むしろそれとは別な意味で、凡例、見本として、訴えかけてくる。きわめてプライベートな愛の体験を、アメリカ合衆国のあるべき姿という大きな物語に組み込むこと、それは無理のかかった強引な企てだった。しかし、そこでこそホイットマンというひとの、模索する苦闘が露わになっている。読者はそれぞれに、「これは誰にとっての、何の〈見本〉なのだろう?」という問いかけに誘われて、それが文学を読むことの凡例、というよりむしろ、範例になっていく。わたしもその誘いに応じて、この文章を書いた。

（書下ろし）

苦悩と狭さから——ディキンスンを読む

神経が過敏で、外界の刺激に対しても、自分を標準の女性像に無邪気に適合させるにも、感じやすすぎる。混じりけのない愛情を求めずにはいられず、自分からも最も純度の高い愛情を与えたくてたまらない。自分を恃《たの》む心がとてもつよく、自己意識を放棄することを良しとせず、規範的な信仰の形に合わせられない。そのためにしばしば自分を神に見捨てられた者と感じ、心の安定がいつも続かなくて、ひとりで外界の自然と向き合っているときにだけ深々と心が遊べて、たのしみ安らぐ。他者との交わりで傷を負い、取り返しがつかないと感じるばかりか、むしろ取り返しのつかなさに自ら心を定めて、小石のように世界の片隅で動かないことを選択している。

エミリー・ディキンスンの詩を読んでいると、そうしたひとのイメージが浮かんでくる。もちろんディキンスンを読むことは、何を措《お》いてもその英語の〈ことば〉の形、匠と呼ぶにはあまりに破格な、瞬時も止まらず激しく蠕動《ぜんどう》する、あの怪物的な言語表現の〈うた〉に同調することだ。強引なまでに独自な韻と、省略され倒置されて脱臼したみたいな語の配置と、声に出して読むときのメロディアスなひびき。（それらは残念ながら翻訳ではすっかり消えてしまう。）だから「ひとのイメージ」をあげつらう野暮には、わたしもノーを言いたいところだ。けれども同時に、「これだけの詩群を生涯ひたすら書き続けたのはどういうひとだろう?」という正解のない問いを、ディキンスンはかきたてる。詩で数珠を編むようにして、仮の応答をしてみよう。

i

わたしは苦悩（Agony）の顔が好き、
それがほんとうだとわかるから—
ひとは痙攣を装うことはできない、
　苦悶を真似ることも—

詩人がAgonyの顔を見るのが好きだと言えるのは、そこで（だけ）は嘘の混じる余地がないからだ。ここには真実の希求と、苦悩（苦しみ）の特別な重要性と、二つの主題がある。何とディキンスンらしいことだろう。続く詩の後半は、

目が一度どんよりして—それが死—
見せかけは不可能
額の上のあのビーズ
飾らない苦痛（homely Anguish）がそれを繋《つな》ぐ。

となっていて、苦悩と真実とが具体化して極まるところに死がある、という三つ目の重要な主題が

現れる。死にゆく者の額の上で編まれる汗のビーズ、という微細な物への注視、それも家庭の女性にまつわるメタファーが、二重にディキンスンならではの感じを醸し出している（Johnson 241/Franklin 339）。

死が混じりけのない真実の相を顕すというのは、たとえば

あのひとが生きた最期の夜
それはありふれた夜だった
ただ死に臨むこと（the Dying）を除いては―そのせいで
自然は別なものになった

と始まる詩（J1100/F1100）でもよく窺われる。続く第二聯は

わたしたちは最も小さな物事に気がついた―
それまで見過ごされてきたことが
心に当たるこの凄い光によって
イタリック体になった―あえて言えば。

となり、同じ夜をまったく違う夜に変える死に接して、初めてのように気づかれる物事が、「最も小さな」と形容されるところに、ディキンスンがいる。第五聯の冒頭

彼女が逝《ゆ》くまでの間わたしたちは待った――
それは狭まっていく時間（a narrow time）だった――

において、この時間が narrow と形容されることが、また際立ってディキンスン的だ。

別の詩（J414/F425）で、「苦しみ（Agony）」がひとの「へり」にまでじわじわと近寄ってくるさまを述べた冒頭の三行は、

それはメエルシュトレエムみたい、刻み目を持ち、
日ごとに近さを増して、
沸き立つ輪を狭めてくる

である。苦しみの途方もなさを示す大渦巻が、沸き立ちながら narrow してくる、と言われるときにも、narrow の一語がいかにディキンスンの肝に関わってくるかが垣間《かいま》見える。

Agony, Anguish, Affliction, Pain とさまざまに呼ばれる〈苦しみ〉は、もちろんただの概念ではない。

その背後で、誰にも言えず誰とも共有できない、言語にならない生きた暗闇が、いつでもぞっとさせるように蠢《うごめ》いている。だから、そうした苦しみをリアルに感じてしまうひとこそ、ディキンスンの詩を最も必要とするひとなのだ。

ii

自分の小ささ（と狭さ）。それを端的に語るのは「わたしは家で一番ささいな者（the slightest）だった——」で始まる詩だ（J486/F473）。

わたしは家で一番ささいな者だった—
一番小さな部屋を使い—
夜はちっちゃいランプと本と—
それに一つのゼラニウム—

とそれは始まる。ここで「家」は家父長を頂点とした家族の空間であり、その周縁の、一番小さな部屋に自分がいる。もちろんディキンスンの詩は告白詩のような現実の素直な反映ではない。一人称はしばしば、その都度の物語的な舞台の登場人物として企《たくら》まれている。その上で言えば、仮面も告白を

するのだ。この詩の第三聯、

わたしは喋らなかった―話しかけられたとき以外は―
そんなときも言葉は短く声をひそめて―
大声で生きるのは耐えられない―
大騒ぎにはとても恥ずかしくなった―

を読むと、わたしはいつも自分のいたらなさ、及ばなさのようなものを感じる。半ば意欲して始終「大騒ぎ」とも呼び得るノイジーな場で生きてしまっているから。

大声で生きるのは耐えられなかったという言葉は実は、文字通りほんとうに、生理的にそうだったのだと受けとることができる。「一年で最初の駒鳥をわたしは怖れた、とても」で始まる詩（J348/F347）はそれをよく示している。なぜ「最初の駒鳥」がそれほどまでに怖れられるのかと言えば、「彼は少しわたしを傷つける」と言われるように、その声に詩人の神経が傷ついてしまうからだ。第三聯では

あの喇叭水仙《らっぱずいせん》と向き合う勇気がなかった―
怖かったから、その黄色いガウンが

わたしを刺し貫くのが
自分にはまったく慣れないやり方で——

と言われ、色彩もまた詩人の心身を刺し貫く。第四聯では

あの草が急いで伸びてほしいと願った——
それでいざ見るというときには——
草があまりに高くなって、一番高く伸びたのが
わたしを見るために背伸びをするようにと——

と語られるが、草が自分を見ていると感じられるから、こちらが見えなくなってほしいと願うのだ。第六聯で、年ごとにあらたにやって来る生命たちの挨拶を受ける自分のことを、詩人は「受難の女王（The Queen of Calvary）」と呼ぶ（キリストの磔刑を意味するCalvaryは極めつけのディキンスン語だ）。激しい苦しみにあることと、自らを「女王」と感じること、二つは一見逆のヴェクトルにありそうで、しかし決して解きほぐせない結ぼれを作っている。

自己をとりまく世界が自己に対して一種の攻撃性をもって迫ってくる。それは、たとえば「わたしの脳の内側で葬式を感じた」で始まる有名な詩（J280/F340 実際は死と埋葬の詩ではなく脳内で理性

が失われる過程を描いた物語詩）において、第四聯で

天空のすべてが一つの鐘になった
そして〈存在〉は一個の耳になった
そしてわたしと珍しい種族である〈沈黙〉とが
難破した、ふたりきりで、ここに―

と語られるときにも、露《あら》わになってくる。もう一つ例を出そう。全八行からなる詩（J891/F912）、

わたしの敏感な耳に木の葉たちが―耳打ちした―
やぶの茂み―彼らは鐘だった―
人目につかない場所が見あたらなかった
〈自然〉の見張り番たちから身を守る場所が―

洞窟にもし隠れようとしても
壁が―話を始めた―
森羅万象は一個の巨大な裂け目に見えた―

　わたしの姿を露わにするものに——

ここではたぶん、わかる者には体でわかる感覚の状態が、正確に記述されている。だからやはりよく知られた「わたしが手紙を読むやり方は——こんなふう——」の詩（J636/F700）の、詩人が大切なひとから届いた手紙を読もうとするプロセスは、外界をぴしゃりと締め出さなければ本来の自分になれないひとの在りようを示しているのだ。

　まず初めに——ドアに鍵をかける——
　そして指でドアを押してみる——それが次——
　輸送が完了したことを確かめて——

ちゃんと締まっているかどうか、ドアを押してみるその指の仕草に、ディキンスンがいる。第二聯最初の

　それから次に部屋の一番端っこにゆく
　ノックに反撃できるように——

では、やはり思いがけず到来するかもしれない他人を、あらかじめ待ち受けるところに彼女の態度が顕れている。第三聯では、ネズミが入ってこないかどうかを確認するために、

そのあとは―壁を細かに見て（glancing narrow）―
そして床を細かに見る（And narrow at the floor）

と語られるのだが、二度続けて登場する narrow は、まさしくディキンスンの真骨頂だ。内界は外界からしっかり、まるで結界を張るようにして、守られなければならない。だがあまりに敏感な神経のせいで、外界はいつでも裂け目から内部へと侵入してくる。だから、

魂は自分の付き合う相手を選ぶ―
それから―ドアを閉ざす―

で始まる詩（J303/F409）で言われるとおり、ひとりだけ、自分の内部に入る者を選び終わったら、

そしたら―自分の注意のバルブを閉める―
石のように―

iii

自分の小ささ、狭さは、限界ではなく、満ち足りたものだ。そう見なすことはディキンスンにはどうあっても必要な、世界への構え方だった。「彼らの天国での高さは慰めにならない—」で始まる詩(J696/F725)の第三聯ではこうなる。

自分が持っている富で—わたしは満足だった—
それがたとえ見窄《みすぼ》らしいサイズだったとしても—
そのときわたしは持っている物を数え上げていた
それがわたしの狭い目(my narrow Eyes)を喜ばせるまで—

自分の眼は narrow だ、それを満たすだけの富はいま自分の周りに在る。続く最終聯、

もっと大きな価値ある物よりずっといい—
それがたとえいかに本物に見えても—
この〈証拠〉のおずおずした生は—

抗弁し続ける―「わたしは知らない」と―

において、前の聯の陳述から一歩踏み出した詩人は、その小ささ或いは乏しさを積極的に選んでいる。自分の life が timid なものでも、そこには "Evidence" がある。彼女はそこで、"I don't know" とうそぶいてみることができる。世界とのこの小さな向き合い方に、ディキンスンがいる。有名な「わたしの目が奪われてしまう前に」(J327/F336) でも事情は同じで、

もしも、きょう、告げられたら―
わたしが空を自分のものにしていいと、
こう言いましょう、わたしの胸はきっと
自分の小ささのために (for size of me) 張り裂けてしまうと―

と言い、

だからきっと、ずっと安全だ
自分の魂だけを窓ガラスのところに置く方が―
ほかの生きものたちはそこに瞳を置いて―

太陽の光にも警戒しないけれど―

と詩は締め括られる。他の者たちがあくまでもより多量の視覚からの情報を求めるとき、自分はただsoulの眼で量を超えたものを見る。「〈すべて〉を見失うことでわたしは見失わずにすんだ」（J985/F995）で始まる短い詩では、一見ヴェクトルは逆になっていて、神の無限という「〈すべて〉」が視《み》えないとき、それを限界と見なさずに、狭い身の周りのminorな物事を歌うことに徹する、という彼女の決意が表れているのだが、自らが身を置く片隅の一点を、ルサンチマンなく受け入れるという点では同じことだ。

「〈すべて〉を見失う」とは神の承認が得られないということだが、そのとき、自らの小ささは、無限大の存在に拮抗するための、詩人の積極的なたたかいの、あるいはむしろ命がけの遊びの、起点かつ終点となる。

わたしは〈可能性〉の中に棲む―
散文よりもきれいな家に―

と始まる詩（J657/F466）は、最後に仕事はと言えば―これ―
わたしの狭い手を一杯ひろげて
天国をあつめること

と結ばれる。そこでは詩を書くという、何を措《お》いても自分の生の中心であった営みを、自らの「仕事」と決めて、それが narrow Hands を wide に広げることだと形容される。そこに、被った限定を撥《は》ね返す反転の動きがある。

「一つの人生がこんなに豊かな結果を持つ！」(J270/F248) で始まる詩の第二聯と第三聯を引こう。

一つの真珠が―わたしには―とても目を惹いて―
それでわたしは海に潜ろうとした―
でも―わかってた―それを採るために―
わたしが支払うのは―一個の人生にすぎない！

海は一杯だ―わかってる！
でもそれで―わたしの宝玉は曇らない！
それは燃える―並んだすべての物から目立って―

無傷で──王冠の上で光ってる!

巨大な海とたった一粒の真珠との対比、命を賭けても自分にだけは光って見える水底《みなそこ》の「宝玉」。その真珠は「王冠(Diadem)」(これもディキンスン用語)の上で誰の手垢も付いていない。また「海の中でもがく、この一滴は──」で始まる詩(J284/F255)も同一の趣向で書かれている。

海の中でもがく、この一滴は──
自分の居場所を忘れる
ちょうどあなたの中のわたしのように

彼女は自分が小さな芳香だとわかっている──
でも小さくても、とため息をつく、すべては所詮すべてなのだから──
一体どれだけ大きいと言うの?

大海は彼女の奇想にほほえむ──
だが海の女神アムピトリーテーのことも忘れて──
彼女は抗弁する、「わたし?」

三聯から成るこの詩では、自分は大海の一滴にすぎない。だが「すべてはすべて」なら大小をあげつらう意味もない。その思考が「奇想」にすぎないことを詩人自身がよく分っているから、「大海」は微笑むのだ。「わたし?」とうそぶいてみせるディキンスンは、詩という囲われた庭においてだけ、遊びながら寛《くつろ》いでいる。

生きるために詩を書くことがどうしても欠かせない。そこで言ってみれば居直るということが、苦しみを独自な歓びに転化させるディキンスンの、姿勢のとり方だったと思う。それは彼女の流儀だった。だから、

たぶんわたしの望みは大きすぎた—
わたしが取りたいのは—空でなくては—
だって地上は混み合っていく
わたしの生まれた町のベリーたちのように—

わたしの手籠に入っているのは—ただ—天空たちだけ—
それらは—ぶらぶら揺れる—わたしの腕の上で
でもそれより小さい束になると—窮屈に詰まりすぎ

という短い詩（J352/F358）では、自分の手籠（詩）は相対的な量を問題にしないために宇宙大のものだけを、ゆったりと収めるものとして在る。その逆転は自己の小ささ＝狭さに徹することによってのみ生じる。そこから連想されるのは、あの「わたしはNobody！」の詩だ（J288/F260）。

わたしはNobody！　あなたはだれ？
あなたも―Nobodyなの？
それならわたしたちペアになる！
言わないで！　彼らが広めてしまうから―わかるでしょ？

なんてつまらないんでしょう―Somebodyになるなんて！
なんてパブリックになるんでしょう―カエルみたいに―
自分の名前を告げるなんて―長ったらしい六月じゅう―
お世辞を言う湿地（Bog）に向かって！

最後のBogの音には、蛙たちのように自分の名前を持ち出したがる世間の人びとへの嫌悪が、音になって表出されている。もちろんディキンスンがNobodyたらざるを得ない背景には、女性としての地位も関係しているのだ。けれどポイントは、語り手のジェンダーが何であっても、〈誰かになること〉が「大騒ぎ」の中の競い合いに否応なく身を投ずることになるこの人間社会において、〈誰でもないこと〉、誰にも顧《かえり》みられないことが、負け惜しみではない誇りに転化する、という点なのだ。外における無力や非力を、内において詩を書くことでたえず押し返す。そうしなければ無力や非力に押しつぶされる、と言うのか。いや、そうせざるを得ずに気づいたらきっと、Nobody であることの歓びを生きていた、と言おう。その先に、自然をうたう多くの詩がある。たとえばあの冬の午後の斜めの光が在る。

（初出：『現代詩手帖［特集］エミリ・ディキンスン』二〇一七年八月号。思潮社、二〇一七年八月）

【著者】

堀内正規
（ほりうち　まさき）

早稲田大学文学学術院教授。19 世紀アメリカ文学、とりわけラルフ・ウォルドー・エマソン、ハーマン・メルヴィルなどを専門とする一方、ボブ・ディラン、日本の現代詩などについても執筆活動をする。著書『エマソン　自己から世界へ』（2017）、『Melville and the Wall of the Modern Age』（共著、英文、2010）、『裸の common を横切って　エマソンへの日米の詩人の応答』（吉増剛造、フォレスト・ガンダーとの共著、2019）など。翻訳として『しみじみ読むアメリカ文学』（共訳、2007）、マシーセン『アメリカン・ルネサンス』（共訳、2011）などがある。

生《い》きづらいこの世界《せかい》で、アメリカ文学《ぶんがく》を読《よ》もう

カポーティ、ギンズバーグからメルヴィル、ディキンスンまで

2019年12月28日　第1刷発行

【著者】
堀内正規

発行者：高梨 治
発行所：株式会社**小鳥遊書房《たかなし》**
〒102-0071　東京都千代田区富士見1-7-6-5F
電話 03 (6265) 4910（代表）／FAX　03 (6265) 4902
http://www.tkns-shobou.co.jp

装画　木内達朗
装幀　渡辺将史
印刷　モリモト印刷株式会社
製本　株式会社村上製本所

ISBN978-4-909812-23-0　C0098